ro
ro
ro

Andrea Camilleri wurde 1925 im sizilianischen Porto Empedocle geboren. Er ist Schriftsteller, Drehbuchautor und Regisseur und lehrte über zwanzig Jahre lang an der Accademia d'Arte Drammatica Silvio D'Amico. Seit 1998 stürmte jeder Titel des Autors die italienische Bestsellerliste. Mit seinem vielfach ausgezeichneten Werk hat Camilleri sich inzwischen auch einen festen Platz auf den internationalen Bestsellerlisten erobert. Andrea Camilleri ist verheiratet, hat drei Töchter, vier Enkel und lebt in Rom. Im Rowohlt Taschenbuch Verlag sind unter anderem erschienen: «Das Medaillon», «Von der Liebe zum Radfahren», «Die Pension Eva», «M wie Mafia», «Das graue Kleid» sowie «Die Frau aus dem Meer» und «Der Bahnwärter», die ersten beiden Teile seiner «Trilogie der Metamorphosen».

«In dieser Trilogie steckt das Beste von mir.» (Andrea Camilleri)

«Camilleri ist mehr als Montalbano. Seine Fabeln sind faszinierend, geheimnisvoll und voller Liebe, durchwoben von zauberhafter Phantasie.» (Liberal)

«*Der Hirtenjunge* ist ein Buch für die Insel, eines, wie man es unter Tausenden nicht findet, ein kleines literarisches Wunder» (Sächsische Zeitung)

Andrea Camilleri

Der Hirtenjunge

Roman

Aus dem Italienischen
von Moshe Kahn

Rowohlt Taschenbuch Verlag

Die Originalausgabe erschien 2009 unter dem Titel
«Il Sonaglio» bei Sellerio Editore, Palermo.

Veröffentlicht im Rowohlt Taschenbuch Verlag,
Reinbek bei Hamburg, Juni 2014

Umschlaggestaltung any.way, Barbara Hanke / Cordula Schmidt
(Umschlagabbildung: Campendonk, Heinrich, 1889–1957,
Mann mit Ziege [Ausschnitt], Bayer. Staatsgemäldesammlungen
© VG Bild-Kunst, Bonn 2012; Blauel / Gnamm – ARTOTHEK)
Satz aus der Dante MT PostScript, InDesign,
bei Pinkuin Satz und Datentechnik, Berlin
Druck und Bindung Druckerei C. H. Beck, Nördlingen
Printed in Germany
ISBN 978 3 499 25663 9

Erster Teil

Eins

Am ersten Sonntag des Monats Februar des ersten Jahres, als das neue Jahrhundert noch gleich einem Lämmlein auf unsicheren Beinen stand, geschah es, dass die beiden Glocken der Hauptkirche verzweifelt zu läuten begannen, noch bevor es vier Uhr in der Frühe war.

Die Bürgersleute mit den eigenen Uhren im Haus wohnten im Zentrum des Ortes, sodass sie die Rathausuhr mit ihren nervtötenden Viertelstundenschlägen deutlich hören konnten. Und dann waren da noch die Minenarbeiter, die Bauern, die Tagelöhner, die Karrenkutscher und die Hungerleider, die alle keine eigenen Uhren hatten und fast schon auf dem Land wohnten, aber trotzdem wussten sie um die Tages- oder Nachtzeit, und das sogar besser als mit Uhr, weil sie den Sonnenlauf oder auch den Lauf der Sterne verfolgten.

Darum wunderten sie sich alle sehr über das Läuten: Nicht nur sollte die Frühmesse erst in zwei Stunden beginnen, sondern noch dazu läuteten die Glocken Sturm, was ein Zeichen für große Gefahr oder auch für große Ausgelassenheit war. Doch weil es im Ort seit Menschengedenken nicht den geringsten Grund für große Ausgelassenheit gegeben hatte und man auch am fernen Horizont keinen solchen Grund erkennen konnte, obwohl es hieß, dass dieses Jahrhundert das beste von allen sein würde, fand sich niemand, dem nicht auf der Stelle klar war, dass in einer der fünf Minen – in denen auf die eine oder andere Weise und eben auch am Sonnabend sämtliche Einwohner von Alagona schufteten – ein schweres Unglück geschehen sein musste.

Während sie sich im Dunkeln rasch anzogen, weil die Glocken zur Eile drängten und ihnen keine Zeit ließen, Kerzen oder Petroleumlampen anzuzünden, redeten sie alle miteinander, stellten Fragen, fluchten und beteten.

Innerhalb einer halben Stunde war die Kirche so voll, wie es nicht einmal zur Christmette am Weihnachtsfest vorkam. Doch Don Aitano Persico, der Pfarrer, erschien nicht. Er zog sich erst noch an, weil er im Nachthemd die Glocken geläutet hatte.

«Wo ist denn der Pfarrer? Was macht er?», fragten die Leute den Messner Filomeno.

«Er betet noch», antwortete dieser, während er weihrauchschwenkend durch die Kirche ging, denn wenn die Leute morgens aufstehen und sich nicht waschen, stinken sie nach einer Weile, wie man weiß. Und je mehr Menschen beisammen sind, umso größer ist der Gestank.

Dann erschien aus der Sakristei endlich der Pfarrer.

Zu der Zeit ging Don Aitano bereits auf die siebzig zu, und sein Kopf sah aus wie ein Totenschädel, so hager war er. Doch wenn er predigte, drang eine Stimme aus ihm hervor, die selbst die Leichen auf dem Friedhof aufzuschrecken vermochte. Er trug kein Messgewand, daher kehrte er dem Altar den Rücken zu, erhob zitternd eine Hand, die just aus einer hundertjährigen Grabesruhe aufzusteigen schien, und sprach:

«Nichts ist geschehen.»

In der Erwartung einer schlimmen Nachricht hatten die Menschen in der Kirche alle den Atem angehalten, doch nun atmeten sie wieder tief durch.

«Alles muss erst noch geschehen», fuhr der Pfarrer fort.

Und wieder hielten die Menschen den Atem an.

Don Aitano hatte die Eigenart, in manchen Nächten von Dingen zu träumen, die erst noch eintreten mussten. Und er irrte sich nie: Die Dinge traten wirklich ein. Hatte er nicht gesagt, dass der zweite Stollen der Mine Trabonella über zwölf Unglückseligen zusammenbrechen würde? Und tatsächlich war der zweite Stollen eingebrochen und hatte zwölf Tote unter seinen Trümmern begraben. Hatte er nicht gesagt, dass der Sommer des Jahres 1895 heiß sein würde wie die Hölle? Und war es nicht so, dass die Weizenfelder von selbst zu brennen begonnen hatten?

«Doch was da geschehen soll», sagte der Pfarrer, «habe ich noch nicht ganz verstanden. Am Himmel war ein riesenhafter Kometenstern, der sich wie eine Schlange um sich selbst drehte und die anderen kleinen Sterne auffraß. Und ihr alle, meine lieben Pfarrkinder, habt in meinem Traum vor Schmerzen geweint, weil der Kometenstern euch schweren Schaden zufügte. Mehr kann ich euch nicht sagen, denn mehr habe ich nicht gesehen, nur die Tränen in euren Augen. Einen Strom, ja ein Meer von Tränen! Sofern es euer Wille ist, können wir von nun an jeden Morgen um vier miteinander beten, die Kirche wird zu dieser Stunde geöffnet sein. Vielleicht ändert der Kometenstern durch unsere Gebete ja noch seine Bahn.»

Angesichts der Tatsache, dass sich in den Minen kein Unglück ereignet hatte, ging die eine Hälfte der Gemeindemitglieder wieder schlafen. Wenn die Zeit kommen sollte, in der geweint werden musste, dann würden sie schon noch weinen. Die andere Hälfte blieb in der Kirche für die Novene.

Der Winter verging, der Sommer verging, der Herbst zog ein, und die Menschen gelangten allmählich zu der Überzeugung, dass Don Aitano sich dieses Mal geirrt hatte. In den fünf Minen hatte es gerade einmal zwei Tote gegeben, die Jahreszeiten hatten ihre Pflicht getan, und daher hatte die Erde reichlich Früchte hervorgebracht. Doch am fünfzehnten Tag des Monats Oktober starben innerhalb von einer Woche zwei kleine Jungen, die in der Mine Trabonella gearbeitet hatten, der eine war sechs und der andere zehn Jahre alt. Danach starben sechs in der Mine Fiannaca, darauf fünf in der Mine Mintina. Dann kehrte der Tod in die Mine Trabonella zurück, und er verschonte auch nicht die Minen Bozzo-Risi und Terranova. Im Dezember betrug die Anzahl der toten Jungen im Alter von sechs bis dreizehn Jahren zweihundertzehn. Alles Mögliche wurde versucht. Aus Deutschland ließ man einen Arzt kommen, der ein Spezialist für Minenkrankheiten war, doch der sagte am Ende nur, dass dies eine Krankheit sei, über die er keinerlei Kenntnisse besitze. Da kam der Bischof von Montelusa persönlich, um alle Minen zu segnen. Drei Prozessionen wurden anberaumt und ein Priester herbeigerufen, der die Teufel austrieb. Doch nichts brachte Erfolg.

Der Arzt im Ort, Dottor Jacopino, der weder an Gott noch an den Teufel glaubte, sagte, es handele sich um eine

Krankheit, die Grippe hieß, und diese Krankheit werde die Schwächsten befallen wie eben diese kleinen Jungen, und man müsse daher die Arbeit in den Minen einstellen, weil dort der Ansteckungsherd sei. Doch das ging den Eigentümern zum einen Ohr rein und zum anderen wieder heraus. Was für eine Vorstellung! Die Minen schließen! War diesem Dottor Jacopino eigentlich klar, was er da verlangte? Die Minen schließen! Alle waren dagegen: die Eigentümer, weil sie ihre Einkünfte verlieren, und die Bergleute, weil sie nicht einmal mehr eine halbe Lira für die tägliche Nahrung haben würden.

Im Januar des folgenden Jahres war das Sterben so plötzlich vorbei, wie es aufgetreten war. Doch in den fünf Minen von Alagona gab es keine kleinen Jungen mehr.

Da hatte der Marchese von Terranova einen glücklichen Einfall, den er auch den anderen Eigentümern zur Kenntnis brachte: Wie wäre es, wenn man Anwerber für kleine Jungen in die Küstenorte schickte? Wohnten denn nicht auch in diesen Gegenden notleidende Familien mit gerade einmal ein paar Lumpenfetzen am Leib, Familien, die bereit wären, ihre Söhne herzugeben und zum Arbeiten in die Minen zu schicken?

So kam es, dass ein paar Tage später Don Filibertu Alagna in Vigàta eintraf, ein Mann von vierzig Jahren, der wie ein kleines Fass aussah, eine Tonne, von untersetzter Statur, mit rundem Gesicht, rundem Bauch, runden Händchen, ein Mann, der immer lachte, immer fröhlich war und immer rasch neue Freundschaften schloss. Kurzum, ein Mann, der großes Vertrauen einflößte, wenn man ihn nur ansah. Nachdem er seinen Koffer in der Pension Pace abgestellt hatte, erkundigte er sich, wie er zur Via Calibardi kommen könne, und begab sich gleich darauf dorthin.

Die Via Calibardi war ein ziemlich enges Gässchen, das hinter dem Rathaus begann und sich in Serpentinen den Mergelhügel hinaufwand. Auf dessen Kuppe befanden sich ein paar ärmliche Hütten und der Friedhof. Dahinter begann das offene Land. Die Straße aber war im Ort bekannt als die Straße des Honigs, weil die Fliegen dort in Schwärmen einfielen, wie sie's immer machen, sobald sie ein paar Tropfen Honig wittern. Die Leute dort wohnten in *catoj*, fensterlosen, höhlenartigen Räumen zu ebener Erde, in die nur durch die Tür Luft drang und in denen ein einziges Bett für die ganze Familie mit Großeltern, Söhnen und Enkeln stand, umgeben von ein paar Hühnern, einem Esel oder einer Ziege. Einige Häuschen mit einer Etage gab es auch, aber die waren wie ineinander verschachtelt, sodass das Fenster des einen Hauses sich manchmal ins Schlafzimmer des Nachbarhauses öffnete.

Don Filibertu war ein geschickter Mann. Und weil es, als er in der Via Calibardi auftauchte, zehn Uhr am Vormittag war, genügte ihm ein einziger Blick, um zu erfassen, dass sich in den *catoj* nur Frauen, Alte und kleine Kinder aufhielten. Die Männer waren entweder arbeiten oder auf der Suche nach Arbeit. Er bemerkte eine etwas größere Hütte, in der ein Alter auf einem Stuhl hockte und eine etwa fünfunddreißigjährige Frau die Matratze aufschüttelte. Vier kleine Kinder wuselten um sie herum: ein Mädchen von nicht einmal einem Jahr und drei Jungen im Alter von vier, sechs und acht Jahren.

«Bongiorno», sagte Don Filibertu und betrat, bis über beide Ohren lächelnd, die Hütte.

Als die Frau den Fremden gewahrte, wurde ihr angst und bange.

«Was wollt Ihr?»

«Mit dir reden», sagte Don Filibertu, zog aus seiner Tasche drei Bonbons und gab sie den Jungen.

«Ich rede mit Euch nicht allein.»

«Aber der Opa ist doch hier!»

«Der ist verrückt. Der versteht nichts mehr.»

«Dann ruf doch ein paar Freundinnen herbei! Besser wär's, wenn sie verheiratet sind und Kinder haben.»

Die Frau ging hinaus und kam mit vier Frauen wieder zurück. Den Opa trugen sie mit dem ganzen Stuhl hinaus, die Jungen wurden zum Spielen auf die Straße geschickt, und Don Filibertu fing an zu reden.

«Ich heiße Filibertu Alagna und komme aus einem reichen Ort, der Alagona heißt. Habt ihr schon mal von ihm gehört? Der Ort ist reich, weil's dort fünf Minen gibt, in denen Schwefel abgebaut wird. Also das, was in eurem Hafen liegt und ins Ausland verkauft wird. In den Minen arbeiten gut bezahlte erwachsene Männer, kleine Jungs und Jugendliche. Das Alter der kleinen Jungs geht von sechs bis elf, das der Jugendlichen von zwölf bis achtzehn. Für jeden Arbeitstag bekommt ein kleiner Junge fünfundachtzig Cent, ein Jugendlicher neunzig. Ich erkläre euch mal, wie das Ganze sich abspielt: Jeder Junge oder Jugendliche wird von einem Hauer in Obhut genommen, der ihnen zu essen gibt, dafür behält er natürlich ein paar Cent vom Lohn ein. Doch hier kommt dann das Schöne: Der Hauer schenkt euch im Tausch für euren Sohn etwas, das sich ‹Totenbeistand› nennt. ‹Beistand› bedeutet Hilfe, und ‹tot› heißt, dass ihr es bekommt und es ihm nicht zurückzahlen müsst. Der Totenbeistand besteht aus zweihundert Lire – ich sage es noch einmal: aus zweihundert Lire! –, die ich euch im Namen der Hauer in dem Moment bar auf die Hand zahle, wenn ihr mir euren Sohn übergebt. Wenn ihr mir zwei Söhne übergebt, zahle ich euch vierhundert Lire, übergebt ihr mir drei, zahle ich euch sechshundert Lire. Versteht ihr? Dieses Geld gehört dann euch, und ihr könnt damit machen, was ihr wollt, und müsst niemandem Rechenschaft darüber ablegen. Denkt gut darüber nach! Ein kleiner Junge von zehn, elf Jahren, was ist der denn für eure Familien? Er ist eine Last! Er arbeitet nicht und ist ein weiterer Mund, der gestopft werden will. Wenn ihr ihn mir überlasst, dann arbeitet der Junge und verdient Geld; er liegt euch also nicht mehr auf der Tasche, und gleichzeitig habt ihr so viel Geld in der Hand wie nicht mal in euren kühnsten Träumen. Sprecht doch mit allen Frauen darüber, die ihr kennt, und beredet das auch mit euren Männern. Ich bin in der Pension Pace. Bringt mir eure Söhne, und ich bezahle euch auf der Stelle. Aber ich sage euch: Ich bleibe nur drei Tage in Vigàta! Also lasst euch das Glück nicht entgehen!»

Zwei Stunden später redeten nicht nur die Bewohner der Via Calibardi, sondern ganz Vigàta über Don Filibertus Vorschlag. Die Nachricht verbreitete sich auch in der Via delle Cannelle, wo die Fischer wohnten, deren kleine Häuser direkt am Meer standen. Der einzige Unterschied zwischen den Bewohnern der Via Calibardi und denen der Via delle Cannelle bestand darin, dass die Letzteren weniger stanken, denn immerhin hatten sie ja das Meer vor der Haustür, um sich darin zu waschen. Der Hunger jedoch war der gleiche.

Einer der Fischer hieß Adelio Savatteri und hatte ein Boot gemeinsam mit seinem Schwager Lollo Micciché. An den Tagen, an denen das Wetter günstig war, fuhren sie morgens um vier Uhr in der Frühe hinaus aufs Meer. Der eine ruderte, der andere hielt die Netze, und bei Dunkelheit kehrten sie wieder zurück. Den Fang teilten sie sich, und Adelio brachte seinen Anteil zu Don Pitrino Vadalà, seinem einzigen Kunden, der ihm dafür so viel zahlte, dass es gerade eben reichte, die Familie nicht vor Hunger sterben zu lassen. Die Familie, das waren seine Frau Zina und die zwei Kinder, der vierzehnjährige Giurlà und die neunjährige Maria.

Nachdem Adelio an jenem Abend seinen Fang zu Don Pitrino gebracht hatte, erzählte Zina ihm die Sache mit dem Mann aus Alagona, der gekommen war, um Jungen und Jugendliche zu kaufen. Sollten sie ihm Giurlà überlassen? Adelio dachte, das Beste wäre, die Sache mit seinem Schwager Lollo zu bereden, der einen zehnjährigen Sohn hatte. Als er zu Lollo kam, erfuhr er, dass sein Schwager und dessen Frau sich bereits entschlossen hatten, ihren Sohn dem Mann aus Alagona zu überlassen. Nachdenklich kehrte Adelio nach Hause zurück, denn er mochte die Vorstellung nicht, Giurlà nicht mehr durchs Haus streifen zu sehen. Da kam ihm eine Idee, und er schlug eine andere Richtung ein.

Don Pitrino Vadalà, der sich gerade zu Tisch setzen wollte, um seinen Fisch zu essen, zeigte sich überrascht.

«Was gibt's denn?»

«Ich brauche Euren Rat.»

Kaum hatte er angefangen zu erzählen, unterbrach Don Pitrino ihn auch schon.

«Ich kenne die Geschichte mit dem Mann aus Alagona. Du willst ihm Giurlà überlassen?»

«Ich weiß nicht, was ich tun soll, Don Pitrì.»

«Weißt du, wie die Arbeit eines Jungen in einer Mine aussieht?»

«Nein.»

«Dann erkläre ich dir das mal: Die Jungen arbeiten Tag und Nacht in drei- bis vierhundert Meter Tiefe in bestimmten Stollen ohne Luft noch Licht, und diese Stollen sind so niedrig, dass ein erwachsener Mann sich nur gebückt darin fortbewegen kann. Die Jungen laden sich Körbe voller Schwefel auf die Schultern, die sehr schwer sind, und tragen sie bis zu den Loren. Alle arbeiten nackt, denn da unten ist es höllisch heiß. Und hin und wieder schnappt sich irgendeiner der Hauer den Jungen, der ihm gehört, und vergeht sich an ihm. Und dann, am Ende der Woche, wenn er ihn bezahlen soll, gibt er ihm keinen Cent.»

«Aber wieso denn?»

«Weil er ihm erzählt, dass er ihm mit allem, was er ihm zu essen gegeben hat, nichts mehr schuldet. Und weißt du was? Alle Jungs, die da unten in den Minen arbeiten, nehmen Schaden für den Rest ihres Lebens. Die Brust- und Schulterknochen werden krumm. Glaub mir, Adè: Gefängnis ist da wesentlich besser!»

Als die drei Tage vergangen waren, mietete Don Filibertu Alagna vier Karren samt Kutschern, ließ auf jeden Karren zehn Jungen klettern und fuhr davon. Giurlà Savatteri befand sich nicht unter den vierzig kleineren und größeren Jungen.

Giurlà lebte sein Leben als großer Junge weiter. Er war in die Grundschule gegangen und hatte es bis zur dritten Klasse geschafft. Dann hatte sein Vater ihn aus der Schule genommen, weil es für einen Fischerssohn sinnlos war, sich die Augen über Büchern zu verderben, denn ein Fischerssohn blieb doch immer ein Fischerssohn. Giurlà aber schwamm wie ein Fisch, und wie ein solcher konnte er so lange unter Wasser bleiben, dass die, die ihn nicht kannten, jedes Mal dachten, er wäre ertrunken. Und Giurlà fing auch Fische, doch dazu benutzte er weder Netz noch Angel, sondern allein seine Hände. Er schwamm so weit hinaus aufs Meer, wie er konnte, und tauchte dann unter Wasser. Sobald er einen schönen dicken Fisch sah, schoss er pfeilschnell auf ihn zu und packte ihn mit beiden Händen. Wenn der Fisch dann zu entwischen versuchte, tötete Giurlà ihn mit einem gezielten Biss in den Kopf und warf ihn in eine Art Korb, den er um den Hals trug. Und weil dies genug zum Essen für die Familie war, konnte Adelio seinen ganzen Fang verkaufen.

Am zwanzigsten Februar fuhren Adelio und Lollo wie fast jeden Tag mit dem Boot hinaus. Doch sie hatten starke Zweifel, ob sie es wirklich tun sollten. Sie trauten dem Wetter nicht; ein heimtückischer Wind blies, und von Westen her zog eine schwarze Wolkenwand auf.

«Komm, lass uns rausfahren», sagte Lollo. «Und wenn wir sehen, dass das Wetter richtig schlecht wird, kehren wir schnell wieder um.»

Tatsache aber war, dass sie es nicht schafften, rechtzeitig umzukehren. Das Wetter schlug so plötzlich um, dass sie, obwohl sie beide aus Leibeskräften ruderten, nicht mehr ans Ufer zu gelangen vermochten. Auf halber Strecke wurde das Boot seitlich von einer gigantischen Welle erfasst und zum Kentern gebracht. Adelio und Lollo konnten sich zwar eine Zeitlang noch an dem umgekippten Boot festklammern, doch dann zwang sie der gewaltige Wellengang loszulassen, und sie mussten schwimmen. Entkräftet und außer Atem gelangten sie ans Ufer, ihr Boot aber war verloren.

«Ach, lass nur!», sagte Lollo. «Ich kauf mir ein neues.»

«Und wer soll dir das Geld dafür geben?»

«Ich hab doch Geld. Hast du vergessen, dass Don Filibertu mir zweihundert Lire gegeben hat?»

«Heilige Jungfrau, das stimmt ja! Dann können wir …»

«Moment, Moment!», sagte Lollo. «Ab jetzt verhalten sich die Dinge anders.»

«Wieso?»

«Weil ich das neue Boot von meinem Geld kaufe. Das andere hatten wir jeweils zur Hälfte gemeinsam gekauft, wenn du dich erinnerst.»

«Na und?»

«Entschuldige mal, wie willst du denn deine Hälfte bezahlen?»

Sie kamen überein, dass Adelio jeden Tag, wenn er das Geld für den Verkauf seines Fangs bekommen hatte, Lollo die Hälfte davon abgeben würde. Und so reichte das Geld, das Adelio mit nach Hause brachte, nicht mehr länger für die Familie. Sie aßen immer den Fisch, den Giurlà fing, doch Pasta machten sie nun ohne alles, denn sie hatten nicht das Geld für eine Dose Tomaten. Und abends saßen sie im Dunkeln, um Petroleum für die Lampe zu sparen.

Eines Tages redete Adelio mit Don Pitrino darüber.

«Ihr habt mich dazu verleitet, einen fatalen Fehler zu machen.»

«Ich? Wieso denn das?»

Und Adelio erzählte ihm die Geschichte von dem Boot.

«Wenn ich Giurlà aber dem Mann aus Alagona gegeben hätte, dann hätte ich heute zweihundert Lire und könnte mir die Hälfte des Bootes kaufen», sagte er zum Schluss.

Don Pitrino antwortete nichts darauf. Doch am folgenden Abend sagte er zu Adelio:

«Bring mir morgen deinen Sohn! Ich will ihn kennenlernen.»

Seine Mutter Zina verbrachte einen halben Tag damit, Giurlà die Haare zu schneiden und seine Kleider, die am wenigsten zerrissen waren, notdürftig zu flicken.

Doch seine Füße waren nackt, als Giurlà sich zu Don Pitrino aufmachte, denn das einzige Paar Schuhe, das er besaß, passte ihm nicht mehr.

Don Pitrino sah ihn wieder und wieder an, und dann stellte er ihm eine sonderbare Frage:

«Bist du jemand, der lange allein sein kann?»

Giurlà dachte einen Augenblick nach. Dann antwortete er: «Wenn ich tauche, bin ich immer allein. Und am liebsten würde ich Jahre da unten sein.»

Da machte Don Pitrino Adelio seinen Vorschlag.

Zwei

Don Pitrino Vadalà war sechs Jahre zuvor mit seiner Frau nach Vigàta gekommen. Nach dem, was man sich im Ort über ihn erzählte, war er steinreich, doch keiner wusste, was er machte und woher er kam. Er hatte die Villa des Barons Lúmia gekauft, die außerhalb der Ortschaft fast am Meeresufer lag, und dort lebte er, ohne jemals sein Haus zu verlassen. Die beiden Bediensteten, die er mitgebracht hatte, gingen alles besorgen, was er brauchte, und um die Sonntagsmesse kümmerte sich ein Priester, der sie in der Kapelle der Villa las. Es hieß, Don Pitrino sei nach Vigàta gekommen, weil die Ärzte ihm gesagt hätten, dass Meeresluft gut gegen seine Krankheit sei und er außerdem viel Fisch essen müsse. Daher hörte Adelio ihm voller Wissbegier und Verwunderung zu.

«Ich», sagte Don Pitrino, «komme aus einem Ort, der Castrogiovanni heißt. Dort habe ich viele Ländereien, Häuser, Rinder, Pferde, Schafe und Ziegen. Nun hat mir einer meiner Jagdaufseher mitteilen lassen, dass er einen Jungen braucht, und da habe ich an Giurlà gedacht.»

«Und was müsste mein Sohn tun?», fragte Adelio.

«Er soll Ziegen hüten.»

Adelio musste lachen.

«Aber Giurlà hat es doch mit Fischen zu tun, nicht mit Ziegen! Er ist ein Küstenjunge!»

«Da gehört doch nicht viel dazu, um ein Landjunge zu werden! Und dann denk mal nach: Du wolltest ihn dem Mann aus Alagona mitgeben, damit er Tag und Nacht unter der Erde schuftet. Wenn du ihn aber mir gibst, lebt er immer an der frischen Luft. Und ich zahle ihm eineinhalb Lire pro Tag, auch an Sonn- und Feiertagen. Er bekommt kostenlos Brot und Käse. Sonntags steht ihm ein Teller Brei aus dicken Bohnen zu oder ein Teller Caponatina und danach gebratenes Lamm. Milch kann er trinken, so viel er will. Denk drüber nach und gib mir vor dem 15. März Bescheid, denn dann kommt der Jagdaufseher. Wenn Giurlà zustimmt, wird er am selben Tag noch abreisen müssen.»

«Wie lange wird er dann wegbleiben?»

«Mindestens drei Monate. Danach entscheidet er selbst, ob er heimkehren oder bleiben will. Ach ja, wenn er annimmt, dann statte Giurlà mit einem Wollpullover aus, ebenso mit einer Decke und einem Paar Schuhe. In der Gegend dort wird es nachts ziemlich kalt.»

«Ich werde jetzt gleich noch mit meiner Frau sprechen», sagte Adelio. «Und morgen schon geben wir Euch Bescheid. Gott segne Euch!»

Er sah seinen Sohn an, der während Don Pitrinos Rede nicht einmal den Mund aufgemacht hatte, und Giurlà sagte:

«Gott segne Euch!»

Vater und Sohn wollten hinausgehen.

«Ach ja», sagte Don Pitrino. «Eine meiner Hausbediensteten muss zurück in ihr Heimatdorf. Würde es deiner

Frau etwas ausmachen, herzukommen und ihre Stelle anzutreten?»

«Auf keinen Fall!», sagte Zina resolut. «Wenn ich dahin gehe und Hausbedienstete bei Don Pitrino werde, welche Notwendigkeit besteht dann noch, dass Giurlà uns verlässt?»

Wo sie recht hatte, hatte sie recht. Adelio und Zina redeten die ganze Nacht miteinander. War es nicht besser, dass Giurlà diese Gelegenheit beim Schopf packte? Wenn er größer wurde, welche Arbeit würde er dann im Ort finden können? So aber, da sie dann zu dritt Geld verdienen würden, könnten sie das halbe Boot schneller und leichter abbezahlen. Und es bestand ja auch die Möglichkeit, dass es Adelio gelingen würde, gar ein ganzes Boot für sich zu kaufen.

Am nächsten Morgen, als es noch dunkel war, weckte Adelio seinen Sohn.

«Wir haben beschlossen, dass du fortgehst. Heute Abend sag ich's Don Pitrino.»

«Ganz wie ihr wollt.»

Doch in der Zwischenzeit musste Geld aufgetrieben werden, um die Dinge zu kaufen, die Giurlà brauchte. Bis zum 15. März waren es nur noch sieben Tage. Da hatte Zina einen guten Einfall: Sie verpfändete eine Halskette und Ohrringe, die ihre Tante ihr vererbt hatte, und so konnte sie nicht nur eine warme Bettdecke kaufen und die Schuhe, sondern auch zwei Pullover, zwei Unterhosen und vier Paar Wollsocken.

Dass er abreisen würde, erzählte Giurlà seinen beiden Freunden Pippo und Fofò, als sie sich am Strand trafen. Die beiden waren wie er echte Küstenjungen, nur dass sie weniger gut Fische mit der Hand fangen konnten.

«Und was machst du da, wo du jetzt hingehst?», fragte Pippo.

«Ich werde Ziegen hüten.»

Zuerst sahen die beiden ihn verblüfft an, dann brachen sie in Gelächter aus.

«Was gibt's denn da zu lachen?», fragte Giurlà.

«Fofò», sagte Pippo und fing an, alberne Gesten zu machen, «riechst du nicht auch diesen merkwürdigen Gestank?»

«Ja, doch», erwiderte Fofò geistesgegenwärtig. «Aber was ist das bloß für ein Gestank?»

«Meiner Meinung nach stinkt's hier nach Ziege. Da ist doch sicher ein Ziegenhirt irgendwo in der Nähe.»

Giurlà wurde wütend und versetzte ihm einen Fausthieb gegen die Brust. Pippo packte ihn mit beiden Händen und versuchte, seinen Kopf unter Wasser zu drücken.

Ach, war das herrlich, sich miteinander im Meer zu balgen!

In der Nacht auf den 15. März konnte einzig Maria ruhig schlafen. Zina hingegen weinte nur. Adelio, der beschlossen hatte, nicht zum Fischen hinauszufahren, damit er seinen Sohn begleiten konnte, wälzte sich unaufhörlich von einer Seite auf die andere, während es Giurlà, der kein Auge zutun konnte, fürchterlich heiß war, wie wenn er einen Fieberanfall hatte, und er versuchte verzweifelt, sich das Leben vorzustellen, das ihn erwartete.

Um elf Uhr am nächsten Morgen nahm Zina die Wolldecke, packte Giurlàs Sachen hinein und verknotete die Zipfel miteinander. Eine halbe Stunde später, als Adelio und Giurlà sich zum Aufbruch fertig machten, sagte sie:

«Wartet auf mich, ich komme auch mit!»

Und Maria sagte: «Ich will auch mitkommen.»

«Nein», entgegnete Zina. «Du bleibst hier, bringst das Haus in Ordnung und bereitest das Essen vor.»

Und so verstand Maria, dass sie nun erwachsen geworden war.

An der Haltestelle der Überlandbusse nach Montelusa standen schon der Jagdaufseher Don Sisino und die Hausbedienstete, die in ihr Dorf zurückkehren wollte und Zuda hieß. Sie hatte einen großen Koffer bei sich.

Still warteten sie, bis der Autobus kam.

Adelio reichte dem Busschaffner Giurlàs Bündel, der es in den Gepäckraum legte. Don Sisino machte das Gleiche mit Zudas Koffer. Zina war außerstande, Giurlàs Hand loszulassen, da trennte Adelio sie beide voneinander, gab seinem Sohn einen Kuss auf den Kopf und bugsierte ihn in den Bus.

In Montelusa stiegen sie aus, gingen zum Bahnhof und nahmen den Zug nach Castrogiovanni. Noch nie war Giurlà mit einem Zug gefahren. Ach, wie der raste! Und wie viel Krach der machte! Und plötzlich sah er durch das kleine, halb geöffnete Fenster das Meer in der Ferne. Er sprang auf und stellte sich ans Fenster.

Und da stand er wie verzaubert. Wie kam das nur? Wenn er im Meer badete, kam ihm das Wasser wie etwas

Unendliches vor, aber jetzt war es ein schmaler Streifen geworden, der mit dem Horizont verschmolz und nach und nach immer schmaler, immer feiner wurde. Und während er das feststellte, spürte er, wie sein Herz schneller zu rasen begann als der Zug.

Dann verschluckte die Landschaft das Meer, und er setzte sich wieder hin.

«Was ist denn? Weinst du?», fragte Zuda ihn.

«Nein, mir ist nur ein Staubkorn von der Kohle ins Auge gekommen», antwortete er.

Das stimmte. Aber trotzdem war es auch eine halbe Lüge. Denn er hatte schon vorher angefangen zu weinen.

Sie erreichten den Bahnhof von Castrogiovanni, als die Sonne bereits unterging. Zuda wurde von ihrem Sohn mit einem Karren abgeholt, der sie auf ein Landstück in der Umgebung brachte.

Vor dem Bahnhof gab Don Sisino Giurlà das Bündel.

«Trag du's.»

«Wo ist denn nun das Dorf?»

«Guck mal nach oben!»

Giurlà hob den Blick, doch musste er auch den Kopf heben, um es zu sehen, dieses Dorf, hoch oben auf der Kuppe eines Berges, der so riesig war, dass es einem angst und bange wurde. Er fühlte, wie sein Herz erstarb.

«Bis da hinauf müssen wir klettern?»

«Keine Sorge, mein Haus liegt auf halber Höhe.»

Nach einer halben Wegstunde fühlte er sich vollkommen erschöpft.

Es war nicht wegen des Gewichts des Bündels, es war auch nicht wegen der ansteigenden Straße, es war die Luft, die ihn müde machte. Eine solche Luft hatte er noch nie eingeatmet, sie war trocken, frisch und leicht. Und laff. Wenn er sich nämlich mit der Zunge über die Lippen fuhr, so schmeckte er nicht den Hauch von Salz, der in der Luft am Meer lag. Und es war eine Luft, die einem großen Appetit machte; er fühlte sich so hungrig, als hätte er schon seit Tagen nichts mehr zu essen bekommen.

Dann, als hätte es der Herr der Ewigkeiten so gewollt, waren sie plötzlich da. Don Sisinos Haus war eingeschossig, sauber und aufgeräumt. Seine Frau war um die fünfzig und spindeldürr; sie kam Giurlà vor wie eine in Salz eingelegte Sardine. Sie hieß Assunta und redete ununterbrochen. Während sie den Tisch deckte, erzählte sie Giurlà, dass sie vier Kinder hatte, zwei Jungen und zwei Mädchen, alle verheiratet, und dass sie auch schon vier Enkelkinder hatte.

«Kurz und gut», klagte sie, «obwohl ich also diese herrliche Familie habe, bin ich doch alleine, denn jedes meiner Kinder hat sein eigenes Haus, und Sisino macht sich immer schon bei Tagesanbruch auf und kommt erst bei Nacht zurück.»

Noch nie hatte er Pasta mit Soße und Schweinefleisch gegessen. Wie gut es ihm schmeckte! Mal ganz zu schweigen von der Mettwurst!

Am Ende sagte Don Sisino:

«Jetzt gehen wir schlafen, denn morgen früh müssen wir zeitig aufstehen.»

«Sind denn die Ziegen nicht hier?», fragte Giurlà.

«Ach woher!»

Giurlà schwieg. Doch wo hielten sie die Ziegen nur? Er hatte noch etwas anderes zu sagen, schämte sich aber, es auszusprechen. Allerdings konnte er es nicht lange zurückhalten.

«Ich muss mal austreten.»

«He?»

«Ich muss mal austreten.»

«Geh raus und mach's da! Das ganze Umland steht dir zur Verfügung.»

Sobald er draußen war, ließ eine kühle Brise ihn frösteln.

Es herrschte tiefstes Dunkel. Er konnte es ganz sicher nicht vor dem Haus erledigen, deshalb tastete er sich an der Häuserwand entlang, streifte hinter das Gebäude und befand sich inmitten von Gräsern. Da ließ er die Hose herunter und hockte sich hin. Und jetzt? Wie sollte er sich abwischen? Er war's gewohnt, es am Meer zu tun, das Wasser sorgte für die Sauberkeit. Doch hier? Weil er aber ein kluger Junge war, stieß er beim Herumtasten auf zwei ganz glatte Steine. Mit denen säuberte er sich. Dann kehrte er ins Haus zurück. Dort hatte man ihm einen Strohsack mit einer Wolldecke darauf hergerichtet.

Er zog sich nicht aus. Dafür war es viel zu kalt. Doch trotz der großen Müdigkeit konnte er kein Auge zutun. Es war, wie wenn ihm etwas fehlen würde. Aber was? Das Schnarchen seines Vaters? Das hauchleichte Atmen seiner Mutter? Oder Marias seltsame Worte, die sie oft im Traum sprach?

Plötzlich wusste er's: Es war das Rauschen des Meeres, das wie ein Schlaflied war und das ihm jetzt fehlte. Da fuhr er sich mit der Hand zwischen Hemd und Brust und zog zwei Muscheln hervor, die er an einer Schnur um seinen Hals gehängt hatte. Er hielt sie sich dicht unter die Nase und beschnupperte sie: Ja, sie hatten noch immer den Geruch des Meeres an sich. Und so gelang es ihm endlich einzuschlafen.

Sicher, auch sein Vater stand kurz vor vier Uhr am Morgen auf, um zum Fischen hinauszufahren. Und er hörte ihn jetzt, wie er sich vorsichtig und leise im Zimmer bewegte, um nur ja nicht die zu stören, die da schliefen – doch eines war's, jemanden zu hören, der aufstand, und etwas anderes, selbst geweckt zu werden und selbst aufstehen zu müssen. Giurlà war vollkommen durcheinander; er begriff überhaupt nicht, wo er sich eigentlich befand. Dann sah er Signora Assunta im Zimmer, die ihm einen Becher warmer Milch zubereitete, und da erinnerte er sich.

«Wo ist denn Don Sisino?»

«Draußen. Er wartet auf dich.»

Eilig trank er die Milch und ging hinaus. Gleich schnitt die kalte Morgenluft ihm ins Gesicht. Signora Assunta folgte ihm mit einer Petroleumleuchte in der Hand. Im schwachen Schein der Lampe sah er, dass auf dem Platz vor dem Haus ein zweirädriger Karren stand und ein in einen Mantel gehüllter Mann, der wohl der Karrenkutscher war und gerade sein Bündel auflud.

«Los, hinauf mit dir!»

Er stieg auf den Karren, setzte sich zwischen das Bündel und zwei weitere Säcke, die voll mit dicken Bohnen sein mussten. Signora Assunta ging wieder ins Haus und schloss die Tür hinter sich.

«Hüh!», sagte der Kutscher, der ebenfalls auf den Karren geklettert war.

Das Tier zockelte los.

«Und Don Sisino?»

«Der ist schon vorgegangen. Er wartet an der Abzweigung auf uns.»

«Und wie lange brauchen wir bis zur Abzweigung?»

«Gut eine Stunde.»

Noch immer war es stockdunkel, und ein heftiger Wind war aufgekommen, der einem wie tausend scharfe Messer in die Haut schnitt. Giurlà steckte seine Füße und Beine unter das Bündel und lehnte sich mit dem Rücken gegen einen der beiden Säcke. Auf diese Weise war er besser vor der Kälte geschützt. Und unvermittelt fing der Kutscher leise an zu singen:

Mein Herze singt von Liebe nicht,
es singt vom Dasein ohne Licht,
ohne Rosen, ohne Blumen ist mein armes Leben,
nur Stein' und Lehm sind ihm gegeben ...

Der Kutscher hatte eine wehmutsvolle Stimme, die einem mitten in die Brust drang.

Als er ihn so singen hörte und sich vom Schaukeln des Karrens wie eingelullt fühlte, schlief Giurlà ganz allmählich ein.

«Junge, wach auf!», sagte der Kutscher und rüttelte ihn an der Schulter.

Giurlà öffnete die Lider und schloss sie gleich wieder. Ein heller Sonnenstrahl, schneidend scharf wie eine Klinge, hatte seine Augen geblendet.

Schließlich wagte er es, die Lider ganz langsam zu öffnen, doch um etwas erkennen zu können, legte er sich die gewölbte Hand über die Augen. Denn hier war auch die

Sonne anders, ihr Licht war viel stärker als am Meer, und das Flimmern vernebelte ihm den Blick.

Der Kutscher besprach sich mit Don Sisino, der auf einem Pferd saß und ein Gewehr über seiner Schulter trug.

Als der Jagdaufseher sah, dass Giurlà aufgewacht war, sagte er zu ihm:

«Steig vom Karren und sitz auf!»

Er stieg vom Karren herunter, doch konnte er seine Verwirrung nicht verbergen. Wo sollte er denn aufsitzen?

Don Sisino verstand sein Problem.

«Setz dich dicht hinter mich!», sagte er und löste einen Fuß aus dem Steigbügel.

Leichter gesagt als getan! Wie stieg man denn auf ein Pferd? Giurlà packte mit beiden Händen den Sattel und versuchte, den Fuß in den freien Steigbügel zu schieben. Doch es gelang ihm nicht, das Bein ausreichend hochzuheben.

Der Kutscher musste ihm helfen. Aber auch so war er nicht in der Lage hochzukommen.

Da beugte sich Don Sisino seitlich herunter, packte ihn bei der Jacke und zog ihn zu sich herauf.

«Halt dich an mir fest!»

Giurlà legte seine Arme um die Hüften des Jagdaufsehers.

«Auf Wiedersehen», sagte Don Sisino.

«Küss die Hand», antwortete der Kutscher und lupfte seine Mütze.

Don Sisino zog die Zügel kurz an, und das Pferd setzte sich in Bewegung.

«Und mein Bündel?», rief Giurlà.

Das hatten sie ja auf dem Karren ganz vergessen!

«Der Karren», erklärte Don Sisino ihm, «nimmt einen anderen Weg. Heute Nachmittag wird man's dir bringen.»

Es ging hoch, und es ging runter, bis die Sonne schließlich mitten am Himmel stand. Giurlà war von den Farben der Landschaft zutiefst beeindruckt; hier war das Grün von einer Sattheit, wie er es noch nie zuvor gesehen hatte. Das Rot und das Gelb bestimmter Blumen waren von einem kräftigen Ton, der sich machtvoll vorzudrängen schien.

Doch die Leisten taten ihm weh. Mit weit gespreizten Beinen saß er da oben auf dem schaukelnden Hinterteil des Pferdes, und der ganze untere Teil seines Körpers scheuerte gegen das Holz des Sattels und schmerzte. Schließlich gelangten sie an einen schmalen, langgestreckten See, der in seiner Spiegelung wie ein Stück Himmel aussah. Don Sisino stieg ab und half Giurlà vom Pferd.

«Hier sind wir», sagte er und saß wieder auf, «du bist an deinem Ziel angelangt. Nachher kommt der Ziegenhüter und holt dich ab. Er heißt Damianu. Leb wohl!»

Und er zog davon. Giurlà sah Don Sisino nach, bis er aus seinem Blickfeld verschwunden war.

Die Nerven seiner Beine mussten miteinander verflochten sein wie die Ruten von Körben, denn für mindestens fünf Minuten nach dem Aufbruch von Don Sisino konnte er sich nicht rühren und auch nur einen halben Schritt machen. Er vermochte zwar die Arme und den Oberkörper zu bewegen, das schon. Doch gab es in dieser Gegend vielleicht wilde Tiere? Denn würde ihn eine solche rasende Bestie anfallen, so könnte er nicht einmal weglaufen. Und müsste erleben, wie er bei lebendigem Leibe aufgefressen würde. Und zum ersten Mal, seit er sich auf die Reise gemacht hatte, bekam er es mit der Angst zu tun. Nicht weil er allein war, daran war er ja gewöhnt, sondern weil er keine Möglichkeit hatte, sich zu schützen.

Schließlich zog er sich langsam die Hose herunter, drehte sich drei viertel nach hinten und betrachtete seinen Po. Durch das ständige Reiben gegen den Sattel war dieser ganz rot geworden, und an einigen Stellen hatte er keine Haut mehr: Es brannte wie Feuer. Giurlà versuchte, ein Bein auszustrecken. Ah, das ging! Er machte zwei Schritte. Und auch das ging. Die Nerven hatten sich wieder gelockert.

Da zog er sich nackt aus, denn um ihn herum war ja niemand, ausgenommen ein paar große schwarze Vögel, die sich hin und wieder in einem Wildgrasbusch niederließen, und stieg in den See. Er hatte das Gefühl, das Wasser würde ihm die Füße abschneiden, so kalt war es. Ja, es war nicht nur kalt, es war wie flüssiges Eis.

Nach einem weiteren Schritt stand er gleich bis zum Hals im Wasser.

Das war nicht wie das Meer an seinem Heimatort, wo man, bevor es einem bis zu den Achseln reichte, mindestens zwanzig Schritt machen musste! Ihm blieb nichts anderes übrig, als zu schwimmen, auch damit er sich nicht in einen Eiszapfen verwandelte und starb. Er gab sich einen Ruck, doch sein Körper blieb nicht an der Oberfläche, sondern sank in die Tiefe.

Augenblicklich wurde ihm klar, dass er dabei war, wie ein Stein auf den Grund zu sinken. Seine Augen stellten sich auf die neuen Lichtverhältnisse ein, und er sah, dass er Gefahr lief, sich in dem Geäst einiger waldähnlich wuchernder Wasserpflanzen zu verfangen. Wenn er sich in ihnen verhedderte, würde er nie wieder herauskommen. Das hier war ein Wasser, das einen ganz und gar nicht trug!

Er bekam es mit der Angst zu tun, doch zum Glück setzte sein Verstand nicht aus, weil er so sehr ans Meer gewöhnt war. Er machte zwei, drei kräftige Ruderschläge mit den Armen – und da war sein Kopf auch schon wieder aus dem Wasser heraus. Nur dass er weiterhin Schwimmbewegungen machen musste, um sich an der Oberfläche zu halten, anderenfalls würde er sofort erneut nach unten absinken.

Er streckte die Zunge heraus und leckte sich die Lippen. Es war Süßwasser, und Süßwasser konnte man trinken.

Drei

Er blieb noch kurz im Wasser, um sich zu waschen, dann kehrte er ans Ufer zurück.

Die Sonne war so warm, dass er innerhalb von zehn Minuten trocken war und sich wieder anziehen konnte.

Wollte er von einem Ufer des Sees zum anderen gelangen und dabei mitten durch den See schwimmen, würde er, so rechnete er sich aus, eine gute Viertelstunde dafür brauchen, jetzt, da er noch keine Erfahrung mit Süßwasser hatte. Er streckte sich auf dem Boden aus.

Um ihn herum war nichts als Berge zu sehen. Und man hörte nicht das geringste Geräusch, wenn man von dem Krakra der schwarzen Vögel absah.

Und plötzlich verstand er, dass es genau das Gleiche war, wie wenn er im Meer toter Mann spielte, den Bauch in die Luft gereckt, und den Himmel betrachtete.

Hier trieb er auf dem Gras statt auf dem Wasser, und er war umgeben von Land statt von Meer, doch die Stille war die gleiche, dort waren es die Möwen, die ihr Geschrei veranstalteten, hier waren es die schwarzen Vögel …

Da hörte er eine Stimme.

«He, du da, mach dich auf!»

Er drehte sich um und sah einen großgewachsenen kräftigen Mann mit einem dichten roten Bart, der trotz der Hitze eine Jacke aus Ziegenfell trug. Von seiner Schulter baumelten zwei Feldflaschen herunter. Mit der linken Hand umfasste er das obere Ende eines zugebundenen Sacks, in der rechten hielt er einen langen Stock, den er aus einem Ast geschnitten hatte.

«Seid Ihr Damianu?»

«Ja. Und wie heißt du?»

«Giurlà.»

«Wie alt bist du?»

«Vierzehn.»

«Hast du Hunger?»

«O ja.»

Der Mann stellte den Sack auf die Erde, holte einen Brotlaib hervor, nahm sein Messer aus der Tasche, schnitt den Laib in der Mitte durch und reichte Giurlà die eine Hälfte. Gleich darauf schnitt er eine dicke Scheibe von einem *tumazzo*-Käse herunter und gab sie ihm.

«Du kannst im Gehen essen. Wenn du Durst hast, sagst du's mir einfach.»

Wie kam es bloß, dass man in dieser Gegend immer nur kraxeln musste? Hörten diese Berge denn niemals auf? Als er nach einem halbstündigen Anstieg fertig mit Essen war, hatte er von der Anstrengung des Kletterns und dem salzigen Käse großen Durst.

«Ich möchte etwas trinken.»

Damianu blieb stehen und drehte sich um.

«Wein oder Wasser?»

«Wein.»

Sein Vater trank immer ein Glas, ein einziges, beim Abendessen. Wenn er den Wein probieren wollte, hatte er ihm seinen Wunsch immer abgeschlagen: «Noch nicht, Giurlà, du musst erst erwachsen werden.»

Wie auch immer, plötzlich fühlte er sich ganz erwachsen. Damianu hielt ihm eine Feldflasche hin, Giurlà setzte sie an die Lippen und trank. Der erste Schluck kam ihm bitter vor, doch als er ihn gerade ausspucken wollte, veränderte sich plötzlich der Geschmack in seinem Mund, er duftete und wärmte seinen Gaumen, ein samtenes Streicheln, es war ihm, als würde er eine Rose trinken. Das mochte er sehr und nahm noch zwei Schlucke.

«Genug», sagte Damianu und streckte die Hand aus, um die Flasche wieder an sich zu nehmen.

Sie gingen weiter, bis sie eine weite Ebene erreichten, die mit kniehohem Gras bewachsen war.

«Jetzt sind wir auf drei Viertel Höhe vom Monte Giulfo», sagte Damianu, «und der ist siebenhundertsechzig Meter hoch.»

Auf der linken Seite der Ebene befand sich weit hinten, wo die Wand eines Berges aufstieg, ein mit einem Zaun aus geflochtenen Zweigen abgegrenzter größerer Bereich. Der Zaun war fast so hoch wie Damianu und ließ sich an einer Stelle wie ein Tor öffnen und schließen. Innerhalb der Absperrung tummelten sich mindestens dreihundert Ziegen, die mit ihrem «Määhmääh!» einen Heidenlärm machten. Neben dem Tor stand eine kleine Laube, die ebenfalls aus Zweigen geflochten und komplett mit Stroh bedeckt war.

«Das da sind die Ziegen, um die du dich kümmern musst», sagte Damianu.

Aber wie sollte er das schaffen, sich ganz alleine um dreihundert Ziegen zu kümmern?

«Und das da», fuhr Damianu fort und zeigte auf die Laube, «ist von nun an dein Zuhause.»

«Gehören diese Ziegen denn alle Don Pitrino?»

Damianu fing an zu lachen.

«Don Pitrino hat einen Haufen Ziegen, aber das hier ist gerade mal die Hälfte. Das ist die mittlere Herde. Aber dann gibt es noch Schafe, Pferde …»

«Und wer kümmert sich um die anderen Ziegen?»

«Ziegenhüter wie du und ich.»

«Und um wie viele Ziegen kümmert Ihr Euch?»

«Ich bin der Aufseher über sämtliche Herden. Hör zu, mein Kleiner, heute Abend und über Nacht bleibe ich hier. Morgen früh führe ich die Ziegen auf die Weide, und du kommst mit mir, auf diese Weise lernst du deine Arbeit kennen.»

Das Erste, was er beim Eintreten in die Laube sah, war sein Bündel. Don Sisino hatte Wort gehalten, irgendwer hatte es ihm gebracht. Auf der Erde lag ein großer Sack voll Stroh: Das musste sein Bett sein. Und dann war da noch, wohl als Tisch gedacht, ein Baumstumpf. Auch zwei Hocker standen da, sie waren ebenfalls aus Zweigen geflochten. Oben befand sich eine Petroleumlampe, eine von denen, die man unter die Karren hängt. Eine Blechkanne mit Petroleum stand neben einem der Hocker. Von der Decke hing eine weitere herunter, eine leere, außerdem ein Sack mit irgendetwas drin und eine Feldflasche. Weitere drei leere Säcke lagen auf dem Sack, der als Bett diente. Und neben dem Bett stand eine verschlossene Kiste.

«Diese Kiste», sagte Damianu, «gehört Ramunnu, der sie hiergelassen hat.»

«Wer ist Ramunnu?»

«Der Ziegenhüter, der vor dir hier war.»

«Warum ist er gegangen?»

«Er ist einberufen worden.»

«Und was ist in der Kiste?»

«Weiß ich nicht, Sachen von Ramunnu. Warte, ich geb dir deine Lebensmittel.»

Er zog aus seinem Sack drei Laibe Brot, jeder mit einem Gewicht von eineinhalb Kilo, drei *tumazzi*, einen großen Behälter mit grünen und schwarzen Oliven und ein Säckchen Salz. Das alles stellte er auf dem Baumstumpf ab.

«Pass auf das Salz auf! Die Ziegen sind ganz wild darauf.»

«Wo soll ich die Sachen hintun?»

«Zieh den Sack runter, der da baumelt.»

Giurlà zog an dem Sack, bis er von der Decke herunterkam. Ein Teller und eine Schale, beide aus Holz, befanden sich darin und ein Messer wie das von Damianu.

«Tu alle Nahrungsmittel da rein!»

Giurlà tat, wie ihm geheißen.

«Jetzt zieh an der Kordel neben dem Sack!»

Giurlà zog an ihr, und der Sack flog in die Höhe.

«Nach dem Essen musst du immer den Sack hochziehen, denn wenn du's nicht tust, frisst dir irgendein Tier alles auf. Und sei immer vorsichtig, wenn die Lampe brennt! Die kleinste Unachtsamkeit – und alles geht in Flammen auf.»

Er ging hinaus und ließ seinen noch halb vollen Sack in der Laube zurück.

Giurlà öffnete das Bündel, nahm das schwere Zeug heraus, das seine Mutter für ihn gekauft hatte, und stopfte es in einen der leeren Säcke. Danach breitete er die Wolldecke auf dem Strohlager aus. Dort würde er jetzt für mindestens drei Monate schlafen. Er war zufrieden. Wie oft hatte er zusammen mit Fofò und Pippo kleine Hütten aus Schilfrohr gebaut! Nur, jetzt war es kein Spaß mehr. Sein Vater und seine Mutter hatten die richtige Entscheidung getroffen: Denn wenn sie ihn dem Mann aus Alagona überlassen hätten, dann befände er sich jetzt vierhundert Meter unter der Erde und würde ohne Licht und ohne Luft schuften und daran ersticken.

«Giurlà, komm mal her!»

Er ging hinaus. Er schaute sich um, aber Damianu war nirgends zu sehen.

«Was ist denn? Komm schon her!»

Der Ziegenhüter stand in dem Pferch, inmitten der Ziegen. Giurlà ging zu dem Törchen, das mit einem Draht zugehalten wurde.

«Komm rein und mach wieder zu!»

Er öffnete, ging hinein und wickelte den Draht wieder um die Befestigung. Er wollte sich einen Weg durch die Herde bahnen, aber die Tiere hatten vor ihm nicht nur keine Angst, sondern schienen sich – im Gegenteil – genau vor ihn zu stellen, damit er nur ja nicht weiterkam.

Als er endlich bis zu Damianu vorgedrungen war, sah er, dass dieser eine der Ziegen an einem Horn gepackt hatte. Doch das Tier hatte keineswegs die Absicht, sich ruhig zu verhalten.

«Stell dich vor sie hin, pack sie bei den Hörnern, und zwar mit aller Kraft, die du hast, und halte sie ruhig!»

«Und was, wenn ich ihr weh tue?»

«Wenn du nicht aufpasst, dann wird sie dir weh tun und dich mit ihren Hörnern aufspießen.»

Er hatte gar nicht gewusst, dass er so stark war: Am Ende war die Ziege gezwungen, in den Beinen einzuknicken und auf die Knie zu gehen.

«Bravo!», lobte ihn Damianu.

Er fing an, den Bauch der Ziege abzutasten, ihr Maul zu öffnen, um hineinzuschauen, ihr einen Finger in den Hintern zu schieben und sie zu melken.

«Was hat sie?», fragte Giurlà.

«Sie macht mir keinen guten Eindruck. Ich hab Angst, dass sie krank sein könnte.»

«Und was, wenn sie krank ist?»

«Erst mal bringen wir sie aus dem Pferch. Nachher steckt sie noch alle anderen an.»

Er musterte das Tier und betastete es noch eine Weile, dann packte er es bei einem Horn und zog es hinaus. Während Giurlà das Törchen wieder schloss, band Damianu die Ziege mit einem Strick an einen Pfahl in der Nähe der Laube.

Die Sonne ging ganz plötzlich hinter einem Berg unter, und auf der Stelle war es dunkel. Damianu machte sich hinter der Laube zu schaffen, und Giurlà ging nachsehen, was er da tat.

Auf der Erde lagen, kreisförmig angeordnet, ein paar dicke Steine. Längs auf beiden Seiten des Runds lagen jeweils ein dicker kurzer Ast und quer obendrauf ein Spieß, den man drehen konnte. Damianu hatte trockene Zweige gesammelt, sie in den Kreis aus Steinen gelegt und ein Feuerchen angezündet.

«Kannst du Glut machen?»

«Aber ja!»

Damianu ging fort. Wie oft hatte er mit Fofò und Pippo am Strand Sardinen gebraten! Nur dass man Sardinen nicht auf einen Spieß stecken konnte, sondern sie auf einen Mönchsziegel legte, der normalerweise zum Dachdecken verwendet wurde.

Nach einer Weile kam Damianu mit einem toten Kaninchen zurück, an dessen Schusswunde am Hals noch Blut klebte. Der Bauch war aufgeschlitzt: Damianu hatte es ausgeweidet, damit es nicht zu stinken begann. Um den Hals hatte er sich eine Feldflasche gehängt.

«Ein Geschenk von Don Sisino.»

Er zog sein Messer heraus, hockte sich hin und fing an, dem Kaninchen das Fell abzuziehen. Er war sehr geschickt darin, und nach einer Weile zeigte sich das Kaninchen in einem rosafarbenen Glanz, wie ein neugeborenes Kind. Das Fell reichte er Giurlà.

«Häng's über den Zaun!»

«Wozu ist das gut?»

«Wenn's richtig kalt wird, ziehst du's dir über die Schuhe, dann hält es dich warm.»

Inzwischen war es stockdunkel geworden. Damianu hatte das Kaninchen auf den Spieß aufgezogen und drehte es nun langsam über der Glut.

Das Kaninchen war auf den Punkt durchgegart, und Giurlà aß seine Ration mit ehrlicher Begeisterung. Am Ende reichte Damianu ihm die Feldflasche mit dem Wein und erlaubte ihm, fünf große Schlucke zu nehmen.

«Ziegen sind keine Schafe», sagte der Ziegenhüter unvermittelt.

Also, das weiß ich auch, dachte Giurlà.

«Bei den Ziegen ist es so, dass jede für sich bleiben will, Schafe hingegen bleiben immer zusammen, und wo eines hingeht, gehen alle anderen auch hin. Jede Ziege sucht sich ihr Futter, sie kraxelt so lange bergauf, bis sie gefunden hat, was sie mag. Schafe haben Angst vor dem Hund, Ziegen hingegen haben nicht mal Angst vor Menschen. Wenn du sie in den Pferch zurückführen willst, brauchst du Geschicklichkeit und Geduld, es gibt immer irgendeine, die abhaut, und du musst ihr nachlaufen und rumbrüllen und Steine nach ihr werfen. Ziegen haben auch nicht alle den gleichen Charakter, einige gehorchen, andere bringen dich schier zur Verzweiflung. Aber wenn du eine Zeitlang mit ihnen zusammen lebst, lernst du jede einzelne von ihnen kennen.»

Die Glut war verloschen. Doch vorsichtshalber trat Damianu mit dem Fuß in den steinernen Kreis und sorgte dafür, dass die verkohlten Holzreste auch wirklich zu Asche zerfielen. Dann verschwand er im Gebüsch, um seine Notdurft zu verrichten.

«Gehen wir», sagte er, als er zurückkehrte.

Giurlà folgte ihm. Kaum waren sie in der Laube angelangt, zündete Damianu die Petroleumlampe an, nahm die Decke und reichte sie Giurlà.

«Der Strohsack steht mir zu.»

«Und wo schlafe ich?»

«Auf dem Boden», sagte Damianu und zog zwei Ziegenfelle unter dem Strohsack hervor.

Giurlà ging hinaus, um ebenfalls seine Notdurft zu

verrichten, und als er wiederkam, lag Damianu auf dem Strohsack und hatte sich mit den Ziegenfellen zugedeckt.

«Wenn du dich ausgezogen hast, machst du das Licht aus», sagte er.

Doch Giurlà zog sich nicht aus. Er löschte das Licht, legte sich auf die Erde und wickelte sich in seine Decke.

Nach einer Stunde konnte er noch immer nicht einschlafen. Damianu schnarchte so laut, dass er meinte, er würde taub. Als er es nicht mehr aushielt, verließ er die Laube und legte sich in der Nähe der kranken Ziege auf den nackten Erdboden. Nach etwa fünf Minuten hörte er, dass die Ziege leise, ganz leise «Määh … määh …» machte.

Klagte sie? Oder rief sie ihn? Was wollte sie von ihm? Er sah, dass die Ziege den Strick bis zum Äußersten gezogen hatte und so nah zu ihm herangekommen war, wie sie eben konnte.

«Määh … määh …»

Hieß das, sie wollte Gesellschaft? Er stand auf, ging zu der Ziege und streichelte ihren Hals. Das Tier ließ es sich stumm gefallen. Doch sobald er seine Hand wegzog, meckerte sie gleich noch klagender als zuvor.

Da nahm er seine Decke und warf sie über sich und die Ziege. Und sie sank dicht neben ihm auf die Knie und meckerte nicht mehr.

Im Schlaf musste er, ohne es zu merken, die Decke weggestrampelt haben, sodass sein Kopf frei lag, denn er wurde von etwas Nassem geweckt, das seine Stirn, seine Augen und seine Nase berührte. Ein Tier! Voller Angst schreckte er hoch, bis er im zarten Dämmerlicht des frühen Morgens sah, dass es ein Hund war, der sein Gesicht beschnupperte. Ein tiefschwarzer Hund mit einem großen Kopf und weit geöffneten Maul, das seine spitzen Zähne erkennen ließ. Die Ziege war wieder zu ihrem Pfahl zurückgekehrt.

Er blieb sitzen und rührte sich nicht, bis Damianu aus der Laube trat und sagte:

«Brauchst keine Angst zu haben, das ist ein Hund von hier, er heißt Piru. Bring die Decke rein! Und dann nimm den kleinen Sack und tu was zu essen rein – das brauchst du, denn wir kommen erst heute Abend wieder zurück.»

Giurlà schnitt einen halben Laib Brot und ein Stück Käse ab und steckte alles in einen Leinensack. Dann nahm er die Feldflasche und das Messer und kam heraus.

Damianu kümmerte sich um die Ziege, die bei ihm geschlafen hatte.

«Wie alt ist diese Ziege eigentlich?»

«Fast zwei Jahre, im Oktober kann sie trächtig werden.»

«Und wie viele Zicklein bekommt sie dann?»

«Diese Rasse bekommt zwei. Für mein Gefühl hat diese Ziege nichts. Doch vorsichtshalber lassen wir sie noch hier.»

«Was soll sie denn fressen?»

«Hier ist doch so viel Gras, wie sie nur will.»

«Aber wenn's hier Gras gibt, warum bringen wir die Ziegen dann woandershin?»

«Weil sie dieses Gras hier nur im Notfall fressen, sie mögen's nicht so besonders.»

Damianu ging den Pferch öffnen, und nach und nach trotteten die Ziegen heraus.

Als alle draußen waren, merkte Giurlà, dass sich hinter dem großen Pferch ein weiterer befand, der allerdings wesentlich kleiner war. Vier große Ziegen mit einem noch längeren Bart als die anderen weideten darin; ihre Körper waren kräftig, und ihre Hörner glichen Säbeln.

«Das sind die Böcke», erklärte ihm der Ziegenhüter. «Sie mögen nicht mit den Weibchen zusammen in einem Pferch sein. Wenn du siehst, dass die Böcke mit den Hörnern aufeinander losgehen, dann lass sie nur. Sie kämpfen miteinander, um herauszufinden, wer von ihnen der Stärkere ist.»

Unterdessen machten sich die Ziegen zu dem Berg in der Nähe des Pferchs auf.

«Siehst du's? Sie kennen den Weg, sie wissen, wo sie zum Grasen hinmüssen.»

Sie gingen mit der Herde: Damianu und Piru vorne und Giurlà hinten.

Sobald die Ziege, die an den Pfahl gebunden war, merkte, dass sie sie allein ließen, fing sie voller Verzweiflung laut zu meckern an. Vier, fünf Tiere blieben stehen und antworteten ihr. Da piekte Damianu sie mit seinem Stock, und sie trotteten weiter. Allmählich verhallte die Stimme der Ziege immer mehr in der Ferne, und schließlich war sie gar nicht mehr zu hören.

Als sie eine halbe Stunde später die erste Hälfte des mit Ziegenkötteln übersäten Pfades hinaufgekraxelt waren, vernahm Giurlà ein Geräusch, das ihm wie das Rauschen von Wasser erschien. Und tatsächlich, nach einer Weile tauchte linker Hand ein Bächlein auf, das genauso aussah wie das Bächlein in einer Weihnachtskrippe, mit einem Wasserfall, der einen Weiher bildete, an dem ein gutes Dutzend Tiere tranken.

«Denk dran, dass du auf dem Rückweg die Feldflaschen auffüllst! Dieses Wasser ist das einzige in der Umgebung, das man trinken kann. Willst du dich waschen?»

«O ja!»

«Dann tu's. Nachher musst du nur diesen Weg weitergehen, und in einer halben Stunde bist du da.»

Er genoss es, unter dem Wasserfall zu stehen, obwohl das Wasser furchtbar kalt war und er meinte, zu einem Eiszapfen zu gefrieren.

Vier

Die Stelle, wo die Ziegen weideten, lag gleich unterhalb der Bergkuppe. Es war eine Ebene voller Gräser und Blumen, die an einen Wald grenzte. Die Ziegen hatten sich sowohl im Wald als auch über die Ebene verstreut und fraßen nach Herzenslust.

«Unter den Ziegen gibt's um die fünfzig, die trächtig sind und Ende des Monats lammen», sagte Damianu.

«Und was muss ich dann tun?»

«Nichts. Die Ziegen machen alles selbst. Auf eines musst du allerdings achten: Sobald jede Ziege ihre beiden Lämmer geworfen hat, musst du dafür sorgen, dass die Zicklein sofort zu säugen anfangen.»

«Warum tun sie das nicht von sich aus?»

«Gleich nach der Geburt können die Zicklein schon laufen, und manchmal entfernen sie sich von der Mutter, und sie erkennt sie dann nicht mehr an. Und so verweigert sie ihnen ihre Milch. Und auch andere Ziegen verweigern sie ihnen. Dann muss man sie schlachten. Jetzt gehe ich mich waschen. In einer guten Stunde bin ich wieder zurück.»

Als die Sonne hoch stand und heiß herunterzubrennen begann, verzogen sich alle Ziegen in den Wald, um Schatten zu suchen.

«Komm, lass uns essen!», sagte Damianu und begab sich ebenfalls in Richtung Wald.

Nach wenigen Schritten zwischen den Bäumen hindurch suchten sie sich ein Plätzchen und lehnten sich mit dem Rücken gegen einen Stamm. Das Blätterdach war so dicht, dass kaum Sonnenlicht zu ihnen nach unten drang. Aus seinem Sack, der überhaupt keinen Boden zu haben schien, holte Damianu eine Unmenge von Dingen hervor, so auch zwei Eier, von denen er eines Giurlà reichte.

«Es ist hart gekocht. Ich hab's vorgestern gemacht.»

Während Giurlà das Ei pellte, zog Damianu ein mit einem Stück Leder abgedecktes Horn aus dem Sack, hob es hoch und sagte:

«Nimm dir ein bisschen Salz!»

Wie oft hatte er in seinem Leben ein Ei zu essen bekommen? Vielleicht nie. Er legte es auf den Boden, schnitt sich eine Scheibe Brot ab, biss in das Ei und dann in das Brot und fing an zu kauen. Es schmeckte gut, doch das Ei war schneller aufgegessen als das Brot. Da merkte er, dass Damianu hingegen sein Brot schon aufgegessen hatte, aber sein Ei noch unangetastet in der Hand hielt. Wie war das möglich? Oder hatte er vielleicht schon ein weiteres genommen? Damianu schnitt sich noch eine Scheibe Brot herunter, schob sich das Ei zwischen die Lippen, behielt es eine Weile im Mund, holte es unversehrt wieder heraus und biss in ein Stück Brot. Aha, dachte er, Damianu aß das Brot also nur mit dem Geschmack des Eis! Und tatsächlich begann er das Ei erst zu essen, als von dem Brot fast nichts mehr übrig war. Das war gut zu wissen, denn so konnte man sparen, wenn die Vorräte einmal zur Neige gehen sollten.

Danach aß Giurlà noch ein bisschen Brot und Käse. Und am Ende ließ Damianu ihn fünf Schluck Wein trinken.

Es war etwa vier Uhr am Nachmittag, als Damianu sagte, jetzt sei es Zeit zurückzugehen. Giurlà war eingeschlafen und öffnete die Augen. Im Wald war keine Ziege mehr zu sehen.

«Wo sind denn die Ziegen?»

«Sie warten auf uns in der Ebene. Sie wissen, wann es Zeit ist, wieder in den Pferch zurückzukehren.»

Tatsächlich waren die Ziegen dort versammelt. Sie machten sich auf den Weg, kamen zu dem Wasserfall, und Giurlà füllte seine Feldflasche mit frischem Wasser. Damianu war stehen geblieben, um ihn zu beobachten, während die Herde von alleine weiter hinunterzog. Und genau in dem Moment sprang ein Hase mit einem Satz hinter einem Felsblock hervor und hielt kurz inne, als überlegte er, welcher Weg der bessere zum Flüchten sei. Geradeaus konnte er nicht laufen, weil sich dort der Wasserfall befand, nach hinten auch nicht, weil die Wand zu glatt war, und vor ihm war der Bach, also blieb ihm nur die Flucht nach links. Er machte einen Satz, und auch Giurlà machte einen Satz, flog in die Luft – und als er wieder auf der Erde landete, hielt er doch wirklich den Hasen bei den Hinterläufen gepackt. Da kam auch in Damianu Leben, und er schnappte sich den Hasen, hob ihn mit der Linken an den Hinterläufen hoch und gab ihm mit der Rechten einen Handkantenschlag gleich hinter die Löffel. Das Tier erschlaffte und starb.

Damianu sah Giurlà fragend an.

«Wie hast du das nur gemacht?»

«Ich hab früher immer Fische mit der Hand gefangen.»

«Nimm ihn dir!», sagte Damianu und reichte ihm den Hasen.

«Aber nein, nehmt Ihr ihn nur!»

«Danke», sagte der Ziegenhüter und stopfte das Tier in seinen Sack.

Als sie zum Pferch zurückkamen, wurden sie bereits erwartet. Es war eine Gruppe von fünf Frauen und fünf Maultieren. Die Frauen traten auf Giurlà zu.

«Du bist der neue Ziegenhüter hier?», fragte eine hässliche Fünfzigjährige mit Oberlippenbart. Sie hieß Gnà Sunta und war die Anführerin.

«Und wie heißt du?», fragte eine Zwanzigjährige, die sehr hübsch war und Tanina hieß.

«Woher kommst du?», fragte eine Dreißigjährige, die so lala aussah und sagte, sie heiße Gemma.

«Heilige Jungfrau, was für ein hübscher Bursche!», rief eine andere Dreißigjährige mit kohlschwarzen Augen, lockigem Haar und einem Busen, der ihr jeden Moment die Bluse zu sprengen drohte. Sie hieß Rosa.

«Wie alt bist du?», fragte die Fünfte, eine weitere Zwanzigjährige, die aber nicht so hübsch wie Tanina war und Rosalìa hieß.

«Los, macht euch an die Arbeit!», sagte Damianu kurz angebunden.

Die Frauen nahmen ihre Maultiere und führten sie in den hinteren Teil des Pferchs. Erst da bemerkte Giurlà, dass es dort zwei weitere Öffnungen im Zaun gab, sodass die Ziegen durch die eine zum Melken hinaus- und durch die andere wieder hereingelassen wurden. Jede der

Frauen hatte einen Zinkeimer bei sich. Wenn er voll mit Milch war, kippten sie ihn in die beiden großen Fässer, die die Maultiere trugen.

Damianu stand zwischen den beiden Törchen, und mit dem Stock in der Hand trieb er die Ziegen hinaus und wieder herein. Giurlà stellte sich neben ihn, um genau das zu lernen.

Die Frauen waren flink, eine halbe Stunde später war die Hälfte der Herde gemolken. Da richtete sich Rosa auf, die auf einem Stein saß wie die anderen Frauen auch, und fuhr sich mit der Hand übers Gesicht.

«Mir schwirrt der Kopf», sagte sie.

«Leg dich ein bisschen hin», sagte Damianu. «Nein, warte, ich begleite dich.»

Den Stab gab er Giurlà.

«Mach du weiter!»

Es war leicht, auch weil die Ziegen Gefallen daran fanden, gemolken zu werden, und sich daher nicht wehrten.

Plötzlich fing die, die Gemma hieß, an zu singen:

Die eine, die schuftet und quält sich im Schmerz,
die andere aber ruhet und erquickt sich das Herz …

Die Frauen lachten. Dann sagte die zwanzigjährige Tanina mit funkelnden Augen zu Giurlà:

«Geh doch mal nachschauen, wie Rosa sich jetzt fühlt.»

«Ihr Mädchen, lasst's bleiben!», sagte Gnà Sunta.

«Wieso denn, wir wollen doch nur wissen, wie es ihr geht», sagten Gemma, Tanina und Rosalìa im Chor.

«Dann geh halt», antwortete Gnà Sunta.

Kaum war er näher an die Laube herangetreten,

konnte er schon Rosas Stöhnen hören. Ach, die Arme! Dann war ihr also nicht nur schwindelig geworden, sondern sie hatte etwas Schlimmeres.

Er warf einen Blick in die Laube hinein und erstarrte. Noch nie hatte er einen Mann und eine Frau vögeln sehen, allerdings hatte er mit Pippo und Fofò so oft darüber geredet, dass es war, als ob er's hundertmal schon gesehen hätte. Rosa lag völlig nackt und mit aufgestellten Beinen auf der Decke, die über den Strohsack gebreitet war, und Damianu, der an ihr klebte, bewegte sich vor und zurück mit dem Hintern, vor und zurück, vor und zurück.

Giurlà wunderte sich, mit welcher Heftigkeit Damianu bei jedem neuen Stoß vorging. Stöhnte Rosa vielleicht deshalb? Weil sie Schmerzen hatte? Doch diese Laute klangen nicht so, als würde sie leiden, im Gegenteil!

Schließlich hielt der Ziegenhüter inne und zog sich heraus. Rosa ging auf die Knie und stützte sich mit den Händen auf dem Strohlager ab. Damianu, der nun hinter ihr hockte, bewegte sich wieder vor und zurück, wobei er Rosas Brüste, die wie bei einer Ziege herabbaumelten, mit den Händen umfasste. Und Rosas Stöhnen wurde lauter.

Giurlà ging wieder zurück zu den anderen.

«Wie geht's Rosa denn so?», fragte Tanina ihn hämisch.

«Viel besser», erwiderte Giurlà.

Und alle lachten.

Nach einer weiteren halben Stunde hatten die Frauen ihre Arbeit getan und brachen wieder auf.

«Diese Milch», erklärte Damianu, während er die Ziege von dem Pfahl losband und in den Pferch führte, «ist für die Käseherstellung bestimmt. Die Frauen kommen jeden Abend zum Melken her. Und ich verlass dich jetzt», fügte er hinzu. «Sonntagmorgen sehen wir uns am See. Piru bleibt bei dir. Ich lass dir auch den Stock da.»

«Aber wo ist Piru denn, ich seh ihn gar nicht!»

«Wenn die Ziegen zum Pferch zurückkommen, verschwindet Piru und lässt sich erst am nächsten Morgen wieder blicken, so wie heute. Du kannst aber unbesorgt schlafen – wenn du nicht rechtzeitig aufwachst, kommt er schon und weckt dich auf.»

«Und wo geht er abends hin?»

«Was weiß ich! Das hat er immer schon so gemacht. Gehen wir rein.»

Sie gingen in die Laube.

«Im Tausch für den Hasen», sagte Damianu, «lass ich dir vier hart gekochte Eier da, ein Stück Salami, ein paar Oliven, eine Flasche Wein und etwas Seife, damit du deine Sachen waschen kannst.»

Aus dem Sack ohne Boden holte er die Sachen und stellte sie auf den Baumstumpf.

«Ich geh jetzt.»

Er trat hinaus. Giurlà folgte ihm. Der Mann strich ihm über die Wange.

«Hab keine Angst, wenn du alleine bist. Die Briganten, die hier manchmal auftauchen, die tun einem Jungen wie dir nichts. Und wenn jemand kommt und du das Gefühl hast, er braucht was, dann gib's ihm und lass ihn weiterziehen mit Gott. Bis Sonntag!»

Der Abend zog schnell herauf. Giurlà war sehr müde. Die Bergluft hatte bewirkt, dass er sich vorkam wie einmal, als er hohes Fieber hatte und nicht mehr aus dem Bett steigen konnte, weil er sich so schlapp und kraftlos fühlte. Er beschloss, etwas Brot mit Salami zu essen und danach Brot mit Oliven. Er schnitt sich zwei Scheiben Brot ab, nahm die anderen Dinge, ging hinaus und aß draußen, mit dem Rücken gegen den Pfahl gelehnt. Der Sternenhimmel sah hier anders aus als am Strand.

Sein Vater hatte ihm beigebracht, die Sterne zu deuten. Sie funkelten hier strahlender, und man konnte sie deutlicher voneinander unterscheiden. Der Wagen mit seinen Rädern und der Deichsel schien wie mit Kreide auf einer Tafel gemalt zu sein. Die Ziegen schliefen, und es herrschte eine Stille, die einem angst und bange machen konnte. Zum Glück bellte irgendwo in der Ferne hin und wieder ein Hund und leistete ihm damit Gesellschaft. Ob das vielleicht Piru war?

Dann wurde ihm kalt, und er ging in die Laube. Er entzündete die Lampe, die ein gutes Licht abgab. Und weil dies die erste Nacht war, die er allein verbrachte, entkorkte er die Weinflasche und trank ein paar Schlucke. Doch er wurde nicht müde. Nur sein Herz schlug schneller als sonst. Da nahm er ein Ziegenfell, legte es sich über die Schulter und ging wieder hinaus. In der Dunkelheit ging er zum Pferch hinüber. Irgendetwas, ein Tier so groß wie eine Katze, von dem er nicht wusste, was es war, sauste zwischen seinen Beinen hindurch. Was konnte das sein? Und wenn es ihn beißen wollte? Nein, es war wohl besser, wenn er wieder in die Laube ging.

Er hatte sich schon halb zum Gehen gewandt, als er plötzlich ein leises «Määh ...» hörte.

Warum war diese Ziege noch wach, während alle anderen längst schliefen?

Noch während er sich diese Frage stellte, wusste er schon die einzig mögliche Antwort. Doch er wollte es noch nicht recht glauben. Er kehrte zurück in die Laube, nahm die Lampe und ging wieder hinaus. Er hatte ins Schwarze getroffen! Es war dieselbe Ziege, die in der Nacht zuvor bei ihm geschlafen hatte. Sie stand direkt vor dem Törchen und blickte ihn an, jetzt aber stumm.

Es war eindeutig: Sie wollte aus dem Pferch hinaus, um mit ihm zusammen zu sein. Aber das ging nicht! Wieso verstand die Ziege das nicht? Wenn er sie jetzt herausließ, dann wollten alle ihre Freundinnen das auch.

Er wandte sich von ihr ab.

«Määh, määh …», klagte die Ziege.

Ach, was für ein Aufstand! Die war fähig, die ganze Nacht durch zu jammern.

Langsam und vorsichtig öffnete er das Törchen. Die Ziege schoss an ihm vorbei und verschwand in der Dunkelheit. Heilige Jungfrau, was, wenn sie abgehauen war?

Er fing an sie zu suchen, doch sie war weder bei dem Pfahl noch sonst wo in der Nähe zu entdecken. Die war bestimmt wer weiß wohin gelaufen! Was sollte er Damianu nur sagen?

Er ging in die Laube zurück, und da war sie und knabberte an einem Stück Brot!

«Raus hier!»

Die Ziege rührte sich nicht. Da packte er sie bei einem Horn, brachte sie hinaus und band sie mit einem Strick am Pfahl fest.

Dann zog er sich aus, legte sich hin und löschte das Licht. Doch der Schlaf wollte nicht kommen, so aufgedreht war er noch immer. Und nach und nach, wie es ihm warm wurde, roch Giurlà, dass die Decke und das Stroh einen seltsamen Duft verströmten. Schließlich wurde ihm klar: Das war der Duft von Rosas Haut, die sich nackt auf seine Decke gelegt hatte, um mit Damianu zu vögeln. Er zog die Decke an seine Nase und schnupperte ausführlich daran. Heilige Jungfrau, war der Duft einer Frau herrlich!

Und eingehüllt in diesen Duft schlief er ein. Später, mitten im tiefsten Schlaf, spürte er, dass ihn etwas in die Seite stupste. Als er die Hand ausstreckte, fasste er in warmes Ziegenfell. Das Tier hatte sich also losgerissen! Doch er hatte nicht die geringste Lust, aufzustehen und es hinauszubringen, und so ließ er es da, wo es war.

Pirus feuchte Nase auf seinem Gesicht weckte ihn. Er machte die Lampe an, denn noch war es dunkel. Die Ziege war nicht mehr da. Und gleich erinnerte er sich, dass er einen Traum hatte, der ihm sehr, wirklich sehr gefallen hatte, doch er konnte sich beim besten Willen nicht mehr erinnern, um was es da gegangen war. Nichts.

Als er sich von seinem Lager erhob, bemerkte er auf dem Strohsack einen großen dunklen Fleck. Er berührte ihn, der Fleck war feucht.

Sollte er etwa ins Bett gepinkelt haben wie ein kleiner Junge? Durchaus möglich – sein Vater hatte ihm erzählt, wenn man bestimmtes Wasser trinke, müsse man mehr pinkeln als sonst. Vielleicht hatte das Wasser des Bergbachs ja diese Besonderheit.

Er zog sich an und fühlte sich ein bisschen unwohl, weil er sich nicht waschen konnte. In Vigàta war das Erste, was er morgens nach dem Aufstehen machte, ins Meer zu springen und zu schwimmen, und erst danach zog er sich an.

Plötzlich fiel ihm ein, dass es in der Laube ja einen Ledersack gab.

Er nahm ihn, öffnete ihn und roch an ihm. Er roch nach nichts, und das war gut so. Wenn er diesen Ledersack bis zum Rand mit Wasser füllte, würde es ausreichen, um sich drei Tage hintereinander morgens und abends zu waschen.

Mit dem Ledersack, dem kleinen Leinenbeutel für das Essen und der Feldflasche ausgerüstet, ging er hinaus. Die Ziegen blökten schon höllisch, weil sie aus dem Pferch wollten, sie hatten sich bereits vor dem Törchen des Gatters versammelt.

Kaum hatte er es aufgemacht und waren die Tiere herausgeströmt, kam die Ziege, die in seiner Laube geschlafen hatte, angelaufen und mischte sich unter ihre Freundinnen.

Nach einer halben Stunde Weges gelangte Giurlà an den Wasserfall. Er ließ die Ziegen weiter hinaufklettern und fing an sich auszuziehen. Als Piru, der neben ihm stehen geblieben war, seine Absicht erriet, folgte er den Ziegen, um seiner Pflicht als Hütehund nachzukommen.

Giurlà stand unter dem Wasserfall und wusch sich gründlich, dann zog er sich wieder an und stieg ebenfalls weiter den Berg hinauf.

Er hatte gerade zehn Schritte gemacht, als er eine einzelne Ziege auf dem Pfad sah, die beobachtete, wie er näher kam. Er erkannte sie wieder: Es war dieselbe Ziege, die auch sonst immer bei ihm sein wollte. Sie musste seine Abwesenheit bemerkt haben und zurückgelaufen sein, um nachzuschauen, was er tat.

Er hatte nicht gewusst, dass es Ziegen gab, die sich wie ein Hund an den Menschen gewöhnten, Damianu hatte ihm nichts davon erzählt. Und diese Ziege hier hatte sogar darauf verzichtet, fressen zu gehen, um auf ihn zu warten.

«Määh …», machte die Ziege.

«Da bin ich», antwortete er ihr.

Zufrieden drehte die Ziege sich um und kraxelte den Pfad weiter hinauf.

Auf dem Rückweg machte er wieder Halt am Wasserfall, füllte den Ledersack und hievte ihn sich auf die Schulter. Wie schwer das Wasser doch war! Da drinnen konnten an die dreißig Liter sein. Wetten, dass das Wasser ein Kilo auf den Liter wog?

Als er zum Pferch kam, waren bereits die Frauen und die Maultiere dort.

«Kannst du schreiben und lesen wie Ramunnu?», fragte ihn Tanina.

«Nur schlecht. Ich bin nur bis zur dritten Klasse Grundschule gekommen.»

«Schade! Ramunnu hat immer für mich an meinen Verlobten geschrieben, der ist Soldat. Ramunnu war sehr gebildet. Er konnte sogar Latein!»

Aber was konnte er dafür, wenn er nichts gelernt hatte? Da sagte er, ohne dass er selbst so recht wusste, wie ihm geschah:

«Schluss mit dem Gerede! Macht euch an die Arbeit und verplempert keine Zeit!»

Als die Hälfte der Herde gemolken war, stand Rosa von ihrem Stein auf, genau wie tags zuvor, und fragte Giurlà:

«Hast du in der Laube zufällig einen Ohrring gefunden?»

«Nein.»

«Kann ich mal nachsehen, ob er da ist?»

«In Ordnung.»

Rosa machte ein paar Schritte, dann drehte sie sich zu ihm um und fragte:

«Hilfst du mir beim Suchen?»

Giurlà bemerkte, dass die anderen Frauen plötzlich innehielten und ihn ansahen.

«Nein, ich will hier nicht fort.»

Während Rosa zur Laube ging, sang Gemma ihr spöttisch hinterher:

Wer täglich einen Stier will packen,
endet oft mit Frust im Nacken.

Rosa blieb wie angewurzelt stehen. Dann drehte sie sich langsam um und sang:

Besser täglich einen Stier zum Scherzen
Als allein und bitterkalt im Herzen.

«Diesmal hat's dir Rosa aber gegeben, Gemma!», sagte Gnà Sunta.

Die anderen Frauen lachten, doch Gemma blieb stumm.

Nach einer Weile kehrte Rosa zurück.

«Hast du ihn gefunden?»

«Ja. Er lag auf der Kiste neben dem Strohsack.»

Giurlà war sich mehr als sicher, keinen Ohrring gesehen zu haben, weder beim Zubettgehen noch beim Aufstehen. Bestimmt hatte Rosa den Ohrring die ganze Zeit in der Tasche gehabt und dieses Theater nur veranstaltet, damit er und sie in die Laube gehen konnten. So wie Gemma gesungen hatte, war sie ein Mädchen, das jeden Tag einen Mann brauchte. Doch er fühlte sich noch nicht danach.

Fünf

Als die Frauen und Piru gegangen waren und die Dunkelheit aufzog, ging Giurlà in die Laube, nahm sich etwas zu essen und trug es hinaus. Er bemerkte, dass die Ziege, die wie ein Hund war, bereits am Törchen des Pferchs auf ihn wartete. Erst nachdem er fertig gegessen hatte, ließ er sie heraus. Schnurstracks lief sie in die Laube. Er ließ sich Zeit, seine Notdurft zu erledigen und sich mit dem Wasser aus dem Ledersack zu waschen, der im Freien auf dem Boden lag.

Als er zu Bett ging, kauerte die Ziege sich neben ihn. Giurlà betrachtete sie lange im Schein der Lampe. Sie war ein graziöses Tier, ihr Fell war lang, braun und weiß, die Hörner kurz und gerade, und es sah aus, als würde sie immerzu lächeln. Sie roch nicht so stark wie die anderen. Und er entschloss sich, sie Beba zu nennen.

Die Tage vergingen, und es kam der Sonntagmorgen, an dem er zum See gehen sollte, um Damianu zu treffen. Piru weckte ihn wie gewohnt, Giurlà wusch sich und zog sich an, wusste aber nicht, was er dann machen sollte: Musste er die Ziegen zum Weiden führen, oder konnte er sie im Pferch lassen?

Während er noch überlegte, sah er Rosa kommen.

«Ich kümmer mich um die Ziegen. Geh nur, aber versuch, spätestens um fünf am Nachmittag wieder hier zu sein, andernfalls gehe ich, und dann ist die Herde alleine.»

«Vor fünf bin ich wieder hier. Kannst du mir noch mal sagen, wie ich zum See komme?»

Rosa erklärte es ihm, es war ganz leicht.

«Nimm einen leeren Sack mit.»

«Warum?»

«Um die Essenssachen hineinzutun, die dir für eine Woche reichen sollen.»

Als er zum See kam, war Damianu schon dort, zusammen mit drei anderen Männern.

«Das hier sind Ziegenhüter wie du. Giuvanni, Mattè und Lovì.»

Sie gaben sich die Hand. Mattè, der Jüngste von ihnen, musste um die zwanzig sein.

«Wie heißt dieser See hier?», fragte Giurlà.

«Lago Villarosa.»

«Warum heißt er so?»

«Na ja. Vielleicht weil's in der Nähe einen Ort gibt, der genauso heißt.»

«Gibt's Fische im See?»

«Sieht wohl so aus.»

«Hab ich Zeit, um zu schwimmen?»

«In dem See?», fragte Damianu verwundert.

«Sei vorsichtig, der ist tief!», sagte Mattè.

«Und das Wasser ist eiskalt», bemerkte Lovì.

Doch Giurlà stand schon in Unterhose da. Er ging hinein und tauchte sofort unter. Das Wasser ließ ihn erstarren, so kalt war es, doch er schlug beim Schwimmen mit den

Armen und Beinen, damit sein Blut zirkulierte. Als er bei den Wasserpflanzen angelangt war, die sich bewegten, als wollten sie nach ihm greifen, schwamm er nur noch ganz langsam. Da, ein Fisch! Madonna, war der groß!

Kaum hatte der Fisch seine Anwesenheit bemerkt, hielt er verblüfft inne. Er war nicht an Menschen gewöhnt. Giurlà schoss auf ihn zu, packte ihn, tötete ihn mit einem Biss in den Kopf, kehrte an die Oberfläche zurück, warf ihn vor die Füße der vier Männer, die ihn erstaunt ansahen, und tauchte dann wieder unter Wasser. Als sie vom See aufbrachen, hatte Giurlà für jeden einen Fisch gefangen.

In Damianus Haus, das zweihundert Meter vom See entfernt lag, putzte Giurlà den Fisch und bestäubte ihn mit Mehl. Lovì machte ein Feuer an, und als es schön hoch brannte, nahm Damianu eine Pfanne und gab etwas Öl hinein.

«Ich weiß aber nicht, wie man ihn brät», sagte er.

«Dafür weiß ich's», antwortete Giurlà.

Der Fisch schmeckte gut, obwohl Giurlà, der noch nie einen Süßwasserfisch gegessen hatte, fand, er sei ein wenig fad. Die anderen aber leckten sich die Finger.

Dann stellte Damianu eine Flasche Wein auf den Tisch und fünf Gläser und begann in die Runde zu fragen, ob es irgendetwas Neues über die Herden gebe.

Nur Lovì sagte, er habe zwei Ziegen verloren.

«Wie kam das?»

«Sie haben dicht über einer Schlucht gegrast. Plötzlich gab die Erde nach, aber sie konnten nicht mehr rechtzeitig zurückspringen.»

«Hast du sie rausgeholt?»

«Nein. Der Abstieg war zu beschwerlich.»

Damianu blickte ihn an, öffnete den Mund, als wollte er etwas sagen, tat's dann aber doch nicht. Schließlich gab er jedem der Männer seinen Vorrat für die Woche und auch das Geld, das ihnen zustand.

«Bleib du noch hier!», sagte Damianu zu Giurlà, während die anderen sich verabschiedeten und wieder zu ihren Herden zurückkehrten. Giurlà fühlte sich so zufrieden, dass ihm fast der Kopf schwirrte. Das Geld, das er in der Tasche hatte, machte seine Sinne leichter als der Wein, den er getrunken hatte. Der Lohn ging von Sonntag bis Samstag, für sieben Tage, was zehneinhalb Lire bedeutete. Sein erstes selbstverdientes Geld!

«Wie bist du mit den Ziegen zurechtgekommen?»

«Gut.»

«Gab's irgendwelche Schwierigkeiten?»

«Nein.»

«Meinst du, du willst weitermachen?»

«O ja!»

«Warte einen Augenblick!», sagte Damianu, stand auf und ging in die hintere Kammer, wo er wohl schlief.

Das Haus war gebaut wie ein in zwei Hälften geteilter Würfel. Im vorderen Bereich standen der Tisch, die Stühle und ein gemauerter Herd mit zwei Feuerstellen.

Damianu kehrte zurück, eine Art Überwurfmantel mit Kapuze unterm Arm.

«Nimm den, lass aber kein Wasser drauf kommen!»

«Was muss ich mit der Herde tun, wenn es stark regnet?»

«Bei starkem Regen bringst du sie nicht zum Weiden.

Öffne einfach nur den Pferch und lass sie raus, aber sie dürfen nicht auf den Pfad. Wenn sie Hunger haben, sollen sie das Gras ringsum fressen.»

«Tut Ihr mir einen Gefallen?», fragte Giurlà unerwartet.

«Sprich!»

«Könnt Ihr das Geld für mich aufbewahren?»

«Sicher. Hast du Angst, man könnte es dir stehlen?»

«Genau.»

Und abgesehen davon, wozu sollte ihm das Geld in der einsamen Berggegend schon nützen?

Am Pferch ließ Rosa gerade die letzten Ziegen in die Abzäunung springen.

Er ging in die Laube und brachte das Essen unter.

«Darf ich ein bisschen von dem Wasser aus dem Lederbeutel haben, um mich zu waschen?», fragte Rosa, die vor der Laube wartete.

«Meinetwegen.»

Im Handumdrehen hatte Rosa ihre Bluse ausgezogen, die Träger ihres Unterrocks heruntergeschoben und den Büstenhalter aufgehakt.

Madonna, hatte die Brüste! Und wie kam es, dass sie so fest blieben, trotz ihres Gewichts?

Dann setzte sie sich auf ihr Hinterteil, zog Rock und Unterrock hoch, rollte sie bis zur Hüfte auf und wusch sich zwischen den Schenkeln. Sie trug keinen Schlüpfer. Als sie fertig war, betrat sie die Laube so, wie sie war.

«Hast du was zum Abtrocknen?», fragte sie und setzte sich auf den Strohsack.

Giurlà fand nur ein Hemd von sich, das er zwei Tage zuvor gewaschen hatte, und gab es ihr.

Rosa stützte sich mit einem Arm auf die Kiste und fing an, ihre Brust abzutrocknen. Giurlà konnte seine Augen nicht vom unteren Teil ihres Körpers abwenden – in dieser Stellung war alles deutlich zu sehen. Wie viele Härchen sie hatte! Fast mehr als eine Ziege!

«Warum siehst du mich so an?», fragte Rosa. «Hast du noch nie eine nackte Frau gesehen?»

«Nein.»

«Wirklich nicht? Dann sieh mich jetzt genauer an!»

Sie warf das Hemd zur Seite, zog Rock und Unterrock noch höher und stützte sich mit beiden Armen auf die Kiste, sodass er sie besser betrachten konnte. Und während der Schweiß ihm ausbrach, spürte Giurlà schlagartig, wie es in seiner Hose stahlhart wurde. Seit ein paar Monaten kam das jetzt immer mal wieder vor, doch nie so wie jetzt.

Rosa kicherte leise, setzte sich halb auf, nahm seine Hand, legte sie sich auf die Brust und legte sich wieder flach hin. Ihre Brust war fest, doch als er sie berührte, schien sie wie aus Samt zu sein.

Plötzlich schob Rosa seine Hand weiter nach unten und führte zwei seiner Finger in sich hinein. Dann sagte sie:

«Bleib so!»

Verschämt, verschwitzt stand Giurlà auf.

Rosa richtete sich halb auf, schob ihm die Hose über die Hüften, zog ihn auf sich und führte ihn.

Sie hatten gerade aufgehört und lagen keuchend nebeneinander, als Rosa sagte:

«Was ist denn mit der Ziege? Sie blökt so.»

Giurlà spitzte die Ohren. Es stimmte. Da war eine

Ziege, die völlig verzweifelt klagte. Vielleicht hatte sie sich ja verletzt.

«Ich geh mal nachschauen.»

Er ging hinaus und kam zum Pferch. Es war Beba, sie sprang herum und gab dem Gatter mit ihren Hörnern wilde Stöße. Giurlà dachte, dass es nicht sinnvoll wäre, sie frei zu lassen, sie würde sofort in die Laube verschwinden, und er müsste dann auf Rosas Fragen antworten.

Er kam wieder zurück und dachte, er würde das Mädchen schon angezogen antreffen. Stattdessen hatte Rosa sich splitternackt ausgezogen und auf den Bauch gelegt. Giurlà war es, als hätten sie überhaupt noch nicht gevögelt. Kaum war er auf ihr, nahm sie die gleiche Stellung ein wie bei Damianu. Doch während sie vorher noch ganz still gewesen war, fing sie jetzt an zu stöhnen. Das mochte Giurlà sehr. Und zwar so sehr, dass auch er bei jedem Stoß stöhnte.

Als Rosa fortging, blieb Giurlà noch eine Weile liegen. Es kam ihm alles so unwirklich vor. An einem einzigen Tag hatte er seinen ersten Lohn und sein erstes Mädchen bekommen. Später, beim Waschen, merkte er, als er sich mit der Hand übers Gesicht fuhr, dass ihm die ersten Barthaare wuchsen, und zwar so zart, dass man sie noch mit den Fingerspitzen herausziehen konnte. Er war zum Mann geworden.

Er nahm sein Essen, ging hinaus und verzehrte es, während er sich an den Pfahl lehnte. Als er fertig war, ging er zum Pferch. Beba stand am Törchen, reglos, sie machte nicht einmal «Määh». Er öffnete ihr, die Ziege kam heraus, lief aber nicht wie sonst in die Laube. Sie blieb vor der

Tür stehen, und sie trat auch dann nicht ein, als Giurlà sich auszog und hinlegte.

«Was ist denn mit dir? Komm doch mal her!»

Doch nichts. Sie rührte sich kein Stück. Da kam ihm ein Gedanke. Er stand auf, ließ den Sack mit den Vorräten herunter, gab ein wenig Salz in seine Handfläche, setzte sich aufs Bett und blieb dort mit ausgestrecktem Arm sitzen. Beba, die ihm von draußen zugeschaut hatte, beschloss endlich hereinzukommen. Ganz langsam kam sie näher und leckte das Salz auf.

«Frieden?», fragte Giurlà sie am Ende.

«Määh», antwortete Beba.

Er konnte nicht sofort einschlafen. Rosas Duft hatte das Strohlager durchdrungen, und so, wie die Decke allmählich wärmer wurde, nahm auch der Duft zu.

Und wieder wurde er stahlhart. Er begriff, dass es nur eine Möglichkeit gab, wenn er einschlafen wollte: Er musste es tun.

Und während er es tat, streichelte er in der Dunkelheit mit der anderen Hand Bebas Fell, die an seiner Seite lag.

Zweiter Teil

Eins

An einem Sonntagnachmittag war's, als er gerade vom Treffen mit Damianu zurück zum Pferch kam, dass die trächtigen Weibchen zu lammen begannen. Glücklicherweise war Rosa noch da, die auf ihn gewartet hatte, um zur üblichen Stunde mit ihm zu vögeln. Wäre sie nicht gewesen, hätte Giurlà ganz sicher den Kopf beim Anblick der zehn Ziegen verloren, die sich alle auf die Erde geworfen hatten und immer wieder kleine Jammerlaute ausstießen.

«Ich hab die trächtigen Weibchen heute Morgen extra im Pferch gelassen und nicht zum Weiden geführt, denn man konnte sehen, dass sie bald lammen würden», sagte Rosa und ging hinter die Absperrung.

Giurlà folgte ihr, um zu sehen, was sie machte. Wenn es sich um Tiere handelte, die bereits gelammt hatten, war die Geburt ein Kinderspiel, nicht so jedoch bei den Ziegen, die zum ersten Mal lammten. In drei Fällen musste Rosa sich hinhocken und mit beiden Händen das Junge aus dem Muttertier ziehen. Sobald sie draußen waren, versuchten die Lämmer, auf ihren vier Beinen zu stehen. Doch irgendein Bein knickte immer ein, und das Tier fiel hin. Gleich darauf standen die Jungen aber meist wieder auf und versuchten es noch einmal, und so ging es weiter, bis sie schließlich auf allen vieren standen und sich gut halten konnten.

Dann, aber nicht immer, stellte sich das erstgeborene Zicklein neben seine Mutter und wartete auf die Geburt des zweiten Zickleins, und wenn auch das dann geboren war, machte es sich schnell ans Euter der Mutter, die sich aufgerichtet hatte, und begann zu säugen. Doch manchmal versuchte das erstgeborene Zicklein in seinem Glück, sich auf den Beinen halten zu können, ein wenig herumzulaufen und entfernte sich von der Mutter. Das war ein heikler Moment, denn wenn sich das zweite Zicklein schon ans Säugen gemacht hatte, während das erste noch herumlief, erkannte die Mutter ebenjenes nicht mehr an. Daher mussten die entfleuchten Zicklein gepackt und zu ihren jeweiligen Müttern zurückgebracht werden. Sobald das Tier sich dann an die Zitzen heftete, bestand keine Gefahr mehr.

«Bevor ich gehe», sagte Rosa, für die es spät geworden war, «lässt du mich's machen wie die Zicklein?»

«Was willst du machen?»

«Das zeig ich dir jetzt», sagte Rosa, kniete nieder und zog seine Hose herunter.

An einem Freitagabend, als er gerade eben die Ziegen in den Pferch gelassen hatte, sah er einen Mann heranreiten, der ein Jagdgewehr über der Schulter trug.

«Bonasira», sagte der Mann und führte zwei Finger an seine Mütze.

«Bonasira», antwortete Giurlà.

Der Mann war ganz in braunem Flanell gekleidet: Jacke, Weste und Hose. Auch die Stiefelschäfte waren braun.

Sein Gesicht, das seine fünfzig Jahre verriet, war schmal und scharfkantig wie eine Messerklinge, seine Augen waren zwei schmale Schlitze. Und nicht nur das: Beim Sprechen schaute er sein Gegenüber nicht an.

«Ich heiße Totò Randazzo», sagte der Mann, als er vom Pferd stieg und ihm die Hand reichte.

«Und ich Giurlà.»

«Ich bin ein Freund von Lovì Burruano.»

«Er schickt Euch her?»

«Keiner schickt mich her. Ich war nur zufällig in der Gegend.»

«Mögt Ihr einen Schluck Wein?»

«Nein, danke. Ich wollte dich nur kennenlernen. Lovì sagte mir, dass du ein flinker Junge bist, der Fische mit der Hand fangen kann.»

Was wollte der da von ihm? Der Mann gefiel ihm nicht.

«Wie viele Ziegen hast du?»

«Dreihundert.»

«Hast du schon mal eine verloren?»

«Bis jetzt noch nicht.»

«Glaubst du, dass dir das passieren könnte?»

«Was?»

«Dass dir eine verlorengeht.»

War der verrückt? Was redete der da für ein Zeug?

«Wenn es mir passiert, heißt das, es musste passieren.»

«Und wie nennst du den Verlust einer Ziege?»

Ganz sicher war der verrückt!

«Na ja, ein Unglück.»

«Man kann es auch anders nennen …»

«Und wie?»

«Glück.»

Redete der irre? Wie konnte er den Verlust einer Ziege als «Glück» bezeichnen?

Der Mann sah ihn lange und schweigend an. Als würde er auf eine Antwort warten, die nicht kam. Dann drehte er sich um und stieg wieder aufs Pferd.

«Bonasira.»

«Bonasira.»

Am folgenden Sonntag kam statt Rosa Gemma zu ihm, die sich um die Ziegen kümmern sollte.

«Was ist mit Rosa?»

«Hat Rosa es dir angetan? Tut mir leid, aber du wirst sie nicht mehr wiedersehen, sie kommt nicht mal mehr zum Melken.»

«Warum?»

«Weil Don Tichino sie zum Ricottamachen abgestellt hat.»

«Wer ist denn Don Tichino?»

«Das ist der, der die Käserei leitet. Zweimal in der Woche hat sich Don Tichino von Rosa privat in seinem Schlafzimmer Ricotta zubereiten lassen. Rosa kann auf diese Weise viel mehr verdienen, wenn sie für Don Tichino jeden Tag Ricotta macht, öffentlich und privat.»

Sie sah ihn arglistig an.

«Und auch du weißt ja, wie tüchtig Rosa bei der Zubereitung von Ricotta ist, oder? Tut mir leid für dich, aber ich weiß nicht, wie man ihn macht.»

Giurlà antwortete ihr nicht. Doch was sollte er jetzt ohne Rosa machen? Ihm war klar geworden, dass, je mehr er mit diesem Mädchen übte, umso mehr seine Lust zunahm, durch sie zum Meister zu werden.

Inzwischen war es zu einer Gewohnheit geworden, dass Giurlà sonntags, wenn er sich mit den anderen Ziegenhütern am See traf, für jeden der Männer Fisch fing.

Nach dem Essen ging Damianu in die hintere Kammer, um das Geld für den Lohn zu holen, und Lovì sagte leise zu Giurlà, der neben ihm saß:

«Hat Totò Randazzo dich besucht?»

«Ja.»

«Denk gut drüber nach!»

Giurlà sah ihn verdattert an. Was sollte das bedeuten? Worüber sollte er nachdenken? Er hatte nicht die Zeit, ihn nach einer Erklärung zu fragen, denn Damianu kam zurück. Und der bat ihn am Ende, noch ein bisschen zu bleiben.

«Gibt's was Neues?»

Giurlà dachte nach. Sollte er von dem Besuch erzählen, den er vor zwei Tagen bekommen hatte, oder sollte er nicht? Er entschloss sich, es zu tun.

«Vorgestern hat mich ein Freund von Lovì besucht.»

Sofort spitzte Damianu seine Ohren.

«Wie heißt der?»

«Totò Randazzo.»

Damianu verzog den Mund und fluchte.

«Wer ist denn das?»

«Im vergangenen Jahr», sagte Damianu, statt auf die Frage zu antworten, «hat Lovì fünf Ziegen verloren. In diesem Jahr, und du warst dabei, als er es mir sagte, hat er schon zwei verloren. Die anderen haben noch kein einziges Tier verloren. Wie erklärst du dir das?»

«Vielleicht kümmert sich Lovì nicht so um sie, wie er sollte ...»

«Don Sisino hat mir erzählt, dass auch bei den drei Schafherden ein Schäfer war, der fünf Tiere verloren hat. Und auch der Schäfer ist, wie Lovì, ein Freund von Totò Randazzo.»

Giurlà verstand überhaupt nichts mehr.

«Und ich sag dir noch etwas: Von den sieben Ziegen, die seit dem vergangenen Jahr bis heute gestorben sind, konnte auch nicht eine geborgen werden.»

Giurlà fühlte sich noch immer, als wäre er unter die Türken gefallen.

«Warum sollte man sie denn bergen, wo sie doch tot sind?»

«Aus mindestens drei Gründen. Erstens: Wenn das Tier an einer Krankheit gestorben ist, findet man möglicherweise heraus, an welcher Krankheit. Zweitens: Wenn es verunglückt ist, kann man es essen. Und drittens: Nur so kann man beweisen, dass die Ziege wirklich tot ist.»

Giurlà war völlig baff.

«Was soll das heißen? Da kommt einer und erzählt, dass eine Ziege tot ist, und in Wirklichkeit lebt sie noch?»

«Das könnte heißen, dass die Ziege bei … sagen wir mal: bei Totò Randazzo gelandet ist. Weißt du, was ich damit meine?»

Giurlà brach der kalte Schweiß aus.

«Und was, wenn Randazzo wieder zu mir kommt und mich bittet, den gleichen Betrug zu begehen, den Lovì begeht? Was soll ich ihm da antworten? Der ist doch fähig und erschießt mich, wenn ich mich weigere!»

«Du lässt dich einfach auf den Handel ein. Mit Don Sisino haben wir ausgemacht, dass er die Sache in die Hand nimmt, wenn Randazzo sich breitmacht. Du tust Folgendes: Wenn Randazzo ohne Umschweife mit dir spricht, sagst du, du bist einverstanden. Dann erzählst du's Gnà Sunta, die es mir wieder sagt.»

Giurlà fühlte sich ein bisschen beruhigter. Aus seiner Tasche zog er den Lohn und reichte ihn Damianu:

«Legt ihn zu dem anderen.»

Und dann fragte er:

«Könnt Ihr mir ein Päckchen Salz geben? Meins ist mir hingefallen.»

Das war allerdings eine glatte Lüge, denn er hatte es an Beba verfüttert.

«Wenn du dir ein Säckchen von drei Kilo kaufen willst ...»

«O ja. Und ich zahl's mit dem Geld, das Ihr für mich aufbewahrt.»

Als er zurückkam, hatte Gemma die Ziegen schon in den Pferch gesperrt und wollte gerade gehen. Sie verabschiedeten sich kühl; mit Gemma verstand er sich nicht besonders gut. Und weil Rosa nicht da war, ließ er Beba gleich heraus. Das Tier folgte ihm in die Laube. Dann ging er mit dem Essen nach draußen, und Beba kam hinter ihm her. Hin und wieder schnitt er ein Stückchen Brot auch für sie ab. Wenn er es auf die Erde warf, ließ Beba es liegen. Er war derjenige, der sich bücken und es aufheben musste. Dann erst machte die Ziege ihr Maul auf und ließ sich füttern. Kurz gesagt: Mit der Zeit wurde Beba immer kapriziöser. Wenn sie die Höhen hinaufstiegen, um in den Wald zu gelangen, wo die Ziegen weideten, blieb sie stets an seiner Seite und ließ ihn keinen Augenblick allein. Und sie wartete immer auf ihn, wenn er beim Wasserfall verweilte, um sich gründlich zu waschen oder um den Ledersack mit Wasser zu füllen. Sie entfernte sich erst von ihm, wenn sie zu der Ebene kamen, doch kurz vor der Rückkehr tauchte sie wieder auf und stellte sich neben ihn.

An jenem Abend, nachdem er eine Weile schon zu Bett gelegen hatte, wurde er plötzlich von einem unbeschreiblichen Verlangen nach Rosa überfallen. Und je mehr er an sie dachte, umso mehr meinte er, ihren Duft auf dem Strohlager riechen zu können. Vor Begierde wälzte er sich auf seinem Lager hin und her. Schließlich fiel ihm eine Abhilfe ein: Er schlug die Decke zurück und zwang Beba, sich zu ihm zu legen. Er vergrub seine Nase in ihrem Fell, denn so konnte er nicht mehr Rosas Duft riechen, sondern nur noch den der Ziege. Und endlich schlief er ein.

Totò Randazzo tauchte drei Tage später wieder auf, es war ein Mittwoch, und es dunkelte bereits.

«Bonasira.»

«Bonasira.»

Er war genauso gekleidet wie beim letzten Mal.

«Weißt du, wo ich herkomme?»

«Nein.»

«Ich bin über den Pfad gekommen, den du immer nimmst, wenn du die Ziegen zum Weiden führst.»

«Warum?»

Er antwortete nicht, sondern stellte eine weitere Frage.

«Trinken die Ziegen an dem Wasserfall auf halbem Weg?»

«Ja.»

«Neben dem Wasserfall ist eine Schlucht, die ist mindestens fünfzig Meter tief. Ist da noch nie eine Ziege hinuntergestürzt?»

«Nein.»

«Die Stelle scheint mir sehr geeignet zu sein.»

«Geeignet für was?»

«Um zu sagen, dass drei Ziegen dort abgestürzt wären.»

«Warum sollte ich denn so was sagen?»

«Um dir fünfzehn Lire in die Tasche zu stecken, fünf für jede Ziege.»

Giurlà fühlte, wie sein Herz raste. Damianu hatte die Sache richtig eingeschätzt. Doch wenn er sofort ja sagte, dann würde der andere argwöhnisch werden.

«Wie denn das?»

«Du gibst mir die Ziegen und sagst Damianu, sie wären in die Schlucht gestürzt, und du steckst dir das Geld ein.»

Giurlà tat, als hätte er Angst.

«Was redet Ihr da für einen Unsinn? Und was, wenn Damianu dahinterkommt?»

«Du brauchst keine Angst zu haben, mach einfach nur, was ich dir sage, dann geht alles gut.»

Nach einer halben Stunde zeigte Giurlà sich überzeugt.

Sie kamen überein, dass Randazzo sich die drei Ziegen Freitagmorgen am Pferch holen sollte, bevor die Tiere zur Weide geführt würden.

Und so, wie er es mit Damianu abgesprochen hatte, berichtete Giurlà alles der Gnà Sunta.

In der Nacht von Donnerstag auf Freitag schlief er höchstens drei Stunden.

Er war viel zu angespannt. Weil er nicht wusste, zu welcher Zeit genau Randazzo auftauchen würde, hatte er Beba nicht aus dem Pferch gelassen. Er hatte Angst, dass Randazzo ihn mit der Ziege neben sich erwischen könnte. Und Beba hatte die ganze Nacht über ein furchtbares Theater mit verzweifelten «Määhs», mit Hörnerstößen gegen das Gatter und mit gewaltigen Bocksprüngen angestellt, weil sie gar nicht begreifen konnte, warum Giurlà sie nicht bei sich haben wollte.

Randazzo kam, als der Morgenhimmel noch violette Schattierungen hatte. Als Erstes gab er Giurlà fünfzehn Lire, der sie sich in die Tasche steckte.

«Ich hole jetzt die Ziegen.»

«Nein, die such ich mir aus.»

Die erste Ziege, auf die er deutete, war Beba.

«Nein, die nicht!»

«Mein Freund, ich will keine alten Ziegen.»

«Da stehen doch so viele andere junge herum!»

Randazzo wählte drei Tiere aus und band sie an einen Strick. Dann ging er zu seinem Pferd, befestigte den Strick an dem Sattel, stieg auf und machte sich auf den Weg.

Eine halbe Stunde später ließ Giurlà die Ziegen heraus und brachte sie zum Weiden.

Beba war beleidigt. Sie stand in seiner Nähe, doch ein paar Schritte entfernt.

Beim Wasserfall traf er Don Sisino zu Pferd und Damianu mit den drei Ziegen, sie alle warteten auf ihn. Randazzo war nicht zu sehen. Vielleicht hatten sie ihn mit Knüppeln tüchtig verhauen und ihm die Ziegen abgenommen.

Die drei Ziegen fügten sich sofort wieder in die Herde ein.

«Wo ist denn Randazzo?»

«Schau ihn dir an!», sagte Don Sisino und deutete mit dem Kopf zum Wasserfall. «Aber sei vorsichtig, es ist rutschig.»

Unten in der Schlucht, an der Stelle, wo er laut Randazzo hätte sagen sollen, dass dort die drei Ziegen hinuntergestürzt seien, konnte er zwischen Steinen und Wildgrasbüschen einen Pferdekadaver sehen. Und unter dem auf dem Rücken liegenden Körper ragten die Beine einer menschlichen Leiche hervor.

Völlig verstört kehrte er zurück.

«Randazzo war so unvorsichtig, auf dem Pferd zum Wasserfall zu reiten. Das Tier kam ins Rutschen, und so sind sie alle beide in die Tiefe gestürzt», sagte Don Sisino und blickte ihm von seinem Ross herab fest in die Augen.

«Er hat mir fünfzehn Lire gegeben», sagte Giurlà, kramte das Geld aus seiner Hosentasche und stellte sich auf die Zehenspitzen, um es ihm auszuhändigen.

Don Sisino beugte sich zu ihm hinunter, aber nicht, um das Geld entgegenzunehmen, sondern um Giurlà über die Haare zu streicheln.

«Behalte sie nur! Bist ein tüchtiger Junge.»

Er zog die Zügel an, und das Pferd machte sich auf den Weg nach unten.

Damianu hingegen blieb.

«Für den Fall, dass irgendjemand kommen und nach Randazzo fragen sollte: Du hast ihn nie gesehen und nie mit ihm gesprochen.»

«In Ordnung. Aber Lovì weiß, dass er bei mir war, um mit mir zu reden.»

«Mach dir keine Sorgen um Lovì!»

«Bewahrt Ihr die fünfzehn Lire für mich auf?»

«In Ordnung. Wir sehen uns Sonntag!»

Es gab zwei Veränderungen. Die erste war, dass am folgenden Sonntag bei dem Treffen am See nicht Lovì da war, sondern ein dreißigjähriger Spindeldürrer, den Damianu als Turiddru vorstellte.

«Turiddru hat Lovìs Posten übernommen.»

«Und Lovì?»

«Er wollte weg. Er hat gesagt, dieses Leben hier ist nichts für ihn.»

Das glaubte er nicht. Vielleicht hatten sie ihn nicht getötet wie Randazzo, aber ganz sicher hatten sie ihn das blaue Wunder erleben lassen, bevor sie ihn rausgeschmissen hatten.

Die zweite Veränderung war, dass an Rosas Stelle nun eine Vierzigjährige zum Melken kam; sie war Mutter von zwei Kindern und hieß Ernesta, aber ihre Gefährtinnen nannten sie nur *«la maestra»* – allerdings nicht, weil sie eine Brille trug und deshalb wie eine Lehrerin aussah, sondern weil sie sehr gebildet war.

Sie kannte eine Menge Geschichten, und manchmal, wenn sie beim Melken waren, erzählte sie ihren Gefährtinnen ein paar davon, und die hörten ihr wie verzaubert zu. Ernesta erzählte Dinge aus ältesten Zeiten, als die Götter sich und die Menschen ganz nach Lust und Laune in Bäume und Tiere verwandeln konnten, und sie erzählte von einem schönen Mädchen, das in einen Lorbeerbaum verwandelt wurde, und davon, wie ein anderes Mädchen sich in eine Tarantel verwandelte.

Zwei

«Und die Menschen haben damals an so einen Blödsinn geglaubt?», fragte Gemma sie einmal.

«Ganz sicher mehr als wir heute», antwortete Ernesta. «Und außerdem, wer sagt dir denn, dass das Blödsinn ist?»

«Jetzt bringst du mich aber wirklich zum Lachen!»

«Weißt du, dass es Leute gibt, die behaupten, auch wir wären einmal Tiere gewesen und hätten uns ganz allmählich in Frauen und Männer verwandelt?»

«Ach, wirklich? Und was für Tiere waren wir?»

«Affen.»

Alle waren völlig sprachlos. Und alle hatten sie den gleichen Gedanken: Wenn man Don Tichino so betrachtete, war er dann nicht tatsächlich mehr Affe als Mensch? Hatte Rosa denn nicht gesagt, dass er einem Affen aufs Haar gleichen würde, wenn er sich nackt auszog? Was denn nun? War doch möglich, dass dieser Wissenschaftler recht hatte und die Verwandlung für Don Tichino nur langsamer vor sich ging!

Eines Abends erzählte Ernesta die Geschichte von Zeus, der sich in einen Schwan verwandelt hatte, um mit einer schönen Frau zu vögeln, die Leda hieß.

«Mit Zeus nicht, aber mit einem Schwan wohl?», meinte Gemma.

«Und wie hat Leda sich ihm dargeboten? In Schäfchenstellung?», fragte Rosalìa.

Und alle lachten.

«Die meisten Künstler haben es so gemalt, dass Leda mit gespreizten Beinen dalag und der Schwan mitten dazwischen», antwortete Ernesta.

Ein anderes Mal erzählte sie ihnen die Geschichte von der Königin Pasiphaë, die gar nicht genug Männer bekommen konnte, und so ließ sie sich schließlich von einem Stier besteigen und wurde schwanger. Sie brachte dann ein Wesen zur Welt, das halb Mensch und halb Stier war.

«Aber dieses Mal musste sie die Schäfchenstellung einnehmen», sagte Gemma.

«Ja», bestätigte Ernesta. «Und sie hatte sich zudem mit einem Kuhfell bedeckt, damit der Stier die Täuschung nicht merkte.»

«Aber ein Tier kann doch gar keine Menschenfrau schwängern», sagte Gnà Sunta.

«Und unsere Männer können auch keine weiblichen Tiere schwängern», sagte Gemma und lachte. «Denn habt ihr eine Ahnung, wie viele Tiere sonst halb als Ziege, halb als Mensch in diesem Pferch rumlaufen würden?»

Und dann blickte sie schamlos und unverfroren zu Giurlà hinüber und sagte:

«Giurlà, wenn Rosa dir allzu sehr fehlt, kannst du's ja mit einer Ziege treiben, denn da brauchst du keine Angst zu haben, dass sie schwanger wird.»

Giurlà lief rot an, und die Frauen bogen sich vor Lachen.

In der Nacht, als er sich schlafen gelegt hatte, kehrten ihm diese Geschichten alle wieder ins Gedächtnis zurück, und während er Beba fest umschlungen hielt, ließ er sie noch einmal in Gedanken vorbeiziehen, und jedes Mal verweilte er bei einer ganz bestimmten Stelle, bei einer einzelnen Szene. Als er sich Pasiphaë in Schäfchenstellung unter den machtvollen Stößen eines Stiers vorstellte, schoss ihm die eine Hälfte seines Blutes ins Gehirn und die andere Hälfte zwischen die Schenkel und ließ sein Teil da unten so hart werden, dass er sich wegen des starken Schmerzes zusammenkrümmen musste. Es war sinnlos, sich allein darum zu kümmern. Eine halbe Stunde später war alles noch viel schlimmer als zuvor.

Und völlig sinnlos war es, hinauszugehen, frische Luft zu schnappen und sich das Gesicht zu waschen. Denn es war fast schon Ende April, die Blumen blühten alle, und von ihrem betörenden Duft wurde man nur noch verwirrter als ohnehin schon, geradezu berauscht, wie von zu viel Wein. Eines Nachts war er sogar so trunken gewesen, dass er nackt über die Ebene gelaufen und zum Mond hinaufgerufen hatte: «Rosa! Rosa!»

Und in einer anderen Nacht, als er sich ablenken wollte und nicht wusste, was er tun sollte, kam ihm der Gedanke, die Zeit damit zu verbringen, Ramunnus Kiste zu öffnen und nachzuschauen, was dadrin war. Zwei Bücher, drei eng beschriebene Hefte, ein brandneues leeres Heft, ein Federhalter, ein Fläschchen Tinte, ein angefangener, aber nicht beendeter Brief, fünf Säckchen Salz zu jeweils drei Kilo, ein Dolch, Nähzeug wie Garn, Schere, Nadeln und ein verschlossener Briefumschlag.

Er beschloss, nur eines der beiden Bücher herauszunehmen, alles andere legte er zurück und schob die Kiste wieder an ihren Platz. Im Bett, mit Beba an seiner Seite, fing er an einer beliebigen Stelle im Buch zu lesen an. Es war seltsam gedruckt: Von den Wörtern auf der linken Seite konnte er überhaupt keines verstehen. Die rechte Seite war zwar auf Italienisch geschrieben, aber trotzdem war es am Anfang schwer für ihn, denn nach der Schule hatte er nur wenig gelesen, höchstens mal eine Zeitung. Ganz allmählich, ungefähr nach einer halben Stunde, konnte er die ersten Zeilen entziffern, die Folgendes besagten:

Wenn dann die ganze Anmut des Lenzes sich öffnet, und leichter Windhauch duftend durch Zweige und Blätter streift, sind die Ersten, die ihn begrüßen, die Vögel mit ihrem Gesange …

Das stimmte! So taten es die Vögel, wenn der Frühling kam und die Luft sich mit allen Düften füllte. Er blätterte ein paar Seiten weiter und las:

Ist der geliebte Mensch auch ferne, so bleibt dir sein Antlitz doch immer vor Augen, und immer lieget sein Name dir auf den Lippen.

Verflixt! Wie sehr auch das zutraf!

Immerhin war er nackt über die Felder gelaufen und hatte nach Rosa gerufen, als wäre er verrückt geworden. Und wie oft sah er sie in Gedanken wieder, wie sie unter ihm stöhnte? Und das Gesicht, das sie machte, wenn sie die Schenkel öffnete oder bevor sie sich auf den Bauch drehte?

Er versteckte das Buch unter seinem Kissen, löschte die

Lampe, umarmte Beba und begann ihre Zitzen zu streicheln, so wie er es bei Rosa gemacht hatte.

Inzwischen waren genau zwei Monate vergangen, seit er angefangen hatte zu arbeiten, als Damianu ihm an einem Sonntag einen Brief aushändigte.

«Er ist von deinem Vater; Don Sisino hat ihn mir gegeben, der ihn wiederum von Don Pitrino bekommen hat.»

Sein Vater und seine Mutter konnten weder lesen noch schreiben, und Maria war nicht zur Schule gegangen. Den Brief musste daher ein Nachbar geschrieben haben. Er steckte ihn sich in die Tasche.

«Liest du ihn denn nicht?»

«Wenn ich zum Pferch zurückkehre.»

«Lies ihn jetzt, vielleicht brauchen sie ja irgendwas oder fragen nach etwas, das gleich eine Antwort verlangt und nicht erst in drei Wochen.»

In dem Brief stand:

Lieper Sonn, wir hier alle bestens und hoffen so auch von dihr. Ich schreipe dihr, weil sich mihr die Gelekenheit eines Bohtes bietet, welches ich mir alleine kann kauffen. Dafür muss jetoch die Anzahlung geleistet werten. Don Pitrino hat deiner Mutter ein Vorschuss für drei Mohnate gezahlt, und schick du mihr soviel Geld als du hast. Ich grüsse dich dein Fater.

«Wie viel Geld habt Ihr bis jetzt von mir?»

«Bis jetzt neunundneunzig Lire, einschließlich der fünfzehn Lire, die du nebenbei verdient hast.»

«Könnt Ihr mir eine Lira vorstrecken?»

«Sicher.»

«Dann schickt diese hundert Lire doch bitte an meinen Vater.»

«Noch heute Abend gebe ich sie Don Sisino mit.»

Den Aufstieg zum Pferch legte er singend und pfeifend zurück. Er war stolz, dass er das Geld an seinen Vater geschickt hatte, und das führte dazu, dass er sich wie ein richtiger Mann fühlte, und zwar viel mehr als durch die Vögeleien mit Rosa.

Und weil er an diesem Abend niemanden hatte, dem er seine Zufriedenheit mitteilen konnte, teilte er sie Beba mit, die sich neben ihn auf sein Lager gekauert hatte.

Ihm war sehr heiß, also schlug er die Decke zurück und lag nun nackt da. Plötzlich kam ihm der Gedanke, mit Beba ein Spiel zu spielen. Er nahm ein Säckchen Salz, legte sich wieder hin und strich sich das Salz über Gesicht, Brust, Bauch, Unterleib und Schenkel. Und Beba fing an, ihn abzuschlecken.

Zwei Sonntage darauf erhielt er einen weiteren Brief.

Lieper Sonn, entlich, entlich habe ich mir das Boht gekauft, welches jetzt uns allein gehöret, weshalb auch der gantze Fang uns gehöret und wir ihn mit niemand teilen müssen. Und weil in drei Wochen die Vereinbarung mit Don Pitrino über die Arbeit endet, welche du für ihn machst, würde ich sie nicht erneuren, weil du doch Heim keerst und mit mir arbeitst, denn ich brauche dich. Ich grüsse dich, dein Vatter.

Er las Damianu den Brief vor.

«Was wirst du tun?»

«Ich weiß nicht. Aber vielleicht geh ich nach Hause.»

«Sag mir Bescheid, sobald du eine Entscheidung getroffen hast. Dann habe ich Zeit, einen Ersatz für dich zu suchen.»

Als Beba sich abends neben ihn legte, sagte er ihr, dass er vielleicht nach Vigàta zurückkehren würde.

«Määh.»

Was sollte das bedeuten? Dass sie verstanden hatte?

«Ich mach noch diese letzte Woche, dann müsst Ihr Don Sisino sagen, dass ich Montagmorgen nach Hause zurückkehre.»

«Hast du dich also entschlossen?»

«Ja.»

«Ich will dir was sagen. Wenn's dich drängt wiederzukommen, kannst du jederzeit kommen.»

«Danke.»

«Doch ich muss dich um einen Gefallen bitten.»

«Sagt es nur!»

«Kannst du bis Mittwoch bleiben? Denn der, der dich ersetzt, kann nicht früher kommen.»

«Ja, sicher.»

«Dann sehen wir uns Sonntag. Mittwochmorgen hol ich dich aber mit dem Pferd ab.»

In dem Buch las er oft, und je mehr er las, umso leichter fiel es ihm. In der Nacht des letzten Samstags, den er am Pferch verbrachte, fiel sein Blick auf drei Verse:

Besser wohl ist's, die Erinn'rung an die Geliebte zu opfern,
die Gedanken auf andres zu lenken und einen Leib zu suchen,
in welchen hinein die nicht mehr zu haltenden Säfte zu gießen.

«Hör dir das an!», sagte er zu Beba.

Und er las ihr laut die drei Verse vor.

«Willst du mir helfen?», fragte er sie anschließend.

«Määh», machte Beba.

Da nahm er das Salz, doch dieses Mal strich er es nur über seinen Unterleib.

Aber Beba rührte sich nicht. Unbeweglich stand sie neben ihm und schien ihm in die Augen zu schauen. Da streckte er eine Hand aus, packte sie an einem Horn und versuchte, ihren Kopf zu sich herunterzuziehen. Doch Beba wich zurück.

«Was ist denn mit dir? Magst du jetzt kein Salz mehr?»

«Määh.»

Er packte sie wieder am Horn. Dieses Mal gehorchte Beba und leckte ihn rasch ab, was ihn vor Lust schreien ließ. Doch gleich darauf wich sie wieder zurück, und sie war nicht mehr dazu zu bewegen, ihren Kopf noch einmal über ihn zu beugen. Verärgert schoss Giurlà in die Höhe, und das Salz rutschte auf den Strohsack hinunter.

Als Beba ihn so aufrecht da sitzen sah, tat sie etwas Seltsames: Sie wandte sich mit dem Kopf zur Tür.

Und sie begann ganz leise, «Määhmääh» zu machen, als wenn sie ihn rufen wollte.

Giurlà stieg von seinem Lager herunter und stellte sich hinter sie. Beba wandte ihren Kopf nach hinten und sah ihn an.

«Määh», sagte sie.

Da verstand er, was Beba ihm sagte, das er tun sollte. Und er tat es.

Und er tat es noch einmal am folgenden Morgen, vor dem Aufstehen. Und dann noch zwei weitere Male, nachdem sie sich abends hingelegt hatten. Wenn sie zum Grasen ging, drehte sie sich von Zeit zu Zeit nach ihm um und sah ihn an. Und er ließ sie keine Sekunde aus den Augen. Heilige Jungfrau, war sie schön, wenn sie da so herumsprang! Sie war ja eine richtige Tänzerin! Und die kleinen Zitzen schaukelten so leicht, dass er gleich Lust bekam, zu ihr hinzulaufen und sie zu küssen. Und was für ein Glück, dass Damianu ihn erst Mittwochmorgen abholen würde, auf diese Weise hatte er noch ein paar Nächte mit Beba. Denn gleich nachdem er das erste Mal mit ihr zusammen gewesen war, hatte er ein solches Feuer in sich auflodern gefühlt, das er nicht einmal ansatzweise bei Rosa gespürt hatte. Ein Begehren, das den ganzen Tag über anhielt und nicht vergehen wollte, nicht einmal, nachdem sie zusammen gewesen waren. Und das Schöne war, dass nicht immer er es war, der Beba suchte, sondern Beba ihm gleich beim Betreten der Laube zeigte, dass sie bereit war. Und in einer Nacht tat sie sogar Folgendes: Nachdem sie sich der Liebe hingegeben hatten, stellte sie sich auf die Hinterläufe und legte die vorderen auf Giurlàs Brust. Er schloss sie in seine Arme. Und sie, die ihren Kopf fast auf Höhe von Giurlàs Kopf hatte, streckte ihre Zunge heraus und leckte über seine Lippen.

In der letzten Nacht, die er beim Pferch verbrachte, dachte er vor dem Zubettgehen, es wäre wohl besser, Beba in die Abzäunung zu führen, bevor Damianu kommen würde. Doch sie reagierte so, als wüsste sie genau, was er vorhatte: Sie stemmte ihre Hufe in den Boden, und es gab keine Möglichkeit, sie aus der Laube zu bringen. Sie wimmerte nicht, sie sagte nichts, sie sah ihn nur verzweifelt an. Weinend holte Giurlà einen Strick, band ihn ihr um den Hals und schleifte sie mit aller Kraft, die er hatte, hinter die Abzäunung. Doch sie konnte keinen Frieden finden und machte ihre Bocksprünge und Hornstöße. Giurlà hielt sich die Ohren zu, um sie nicht hören zu müssen, und lief weg. Er ging zur Laube und wusch sich das Gesicht, denn er wollte nicht zeigen, dass er geweint hatte.

Als Damianu eintraf, bemerkte er sofort Bebas schlechten Zustand.

«Was hat diese Ziege nur?»

«Nichts. Aber sie ist die anhänglichste von allen, vielleicht hat sie verstanden, dass ich fortgehe.»

Damianu brachte ihn zum See, wo Don Sisino schon auf ihn wartete. Und der begleitete ihn zum Bahnhof und schenkte ihm zwei Käselaibe.

«Komm zurück, wann immer du willst. Du bist ein tüchtiger Junge. Für dich gibt's hier immer Arbeit, denk dran!»

Das Schlimmste war das Getöse des Zuges. Inzwischen hatte er sich so sehr an die unendliche Stille der Bergwelt gewöhnt, dass das Rattern der Eisenräder ihm regelrecht in den Ohren weh tat.

Am Bahnhof von Alagona verkaufte jemand köstliches

Backwerk, das *sfogliatella* hieß und aus Blätterteig und einer süßen Füllung bestand. Er hatte Hunger, kaufte drei davon und verschlang sie auf der Stelle.

In Montelusa stieg er in den Bus nach Vigàta. Von den Mitreisenden kannte er niemanden.

Mit dem Bündel auf der Schulter betrat er in Vigàta das Café Castiglione und kaufte acht *cannoli*, je zwei für jeden aus der Familie. Damit konnte seine Rückkehr gefeiert werden. Und dann war es auch noch sein fünfzehnter Geburtstag.

Doch als er zu Hause ankam, traf er nur seine Schwester Maria an, die gleich in großes Freudengeschrei ausbrach und ihm um den Hals flog.

«Ach, wie herrlich, dass du zurückgekommen bist! Einfach herrlich!»

Sie kam ihm so groß vor, dass man meinen könnte, Jahre wären vergangen.

«Jetzt kümmere ich mich ums Haus», sagte sie stolz. «Denn Mama geht schon um sieben Uhr in der Früh zu Don Pitrino und kommt erst um sechs am Abend zurück. In einer knappen Stunde ist sie hier.»

Und dann:

«Du müsstest sehen, wie schön das Boot ist, das Papa gekauft hat!»

Und nach einer Weile, leiser:

«Du bist doch für immer zurückgekommen, oder?»

Und sie umarmte ihn fest. Dann fing sie plötzlich an zu lachen.

«Was ist denn?»

«Weißt du, dass du schrecklich nach Ziege stinkst? Geh doch ins Meer schwimmen!»

Das war eine gute Idee. Er nahm ein Bad im Meer und wollte gar nicht mehr aufhören.

Die Verhältnisse in seinem Elternhaus hatten sich in den drei Monaten, die er weg gewesen war, um einiges verbessert, das sah man schon beim Essen. Zum Beispiel bereitete seine Schwester Maria jetzt einmal pro Woche Fleisch oder auch *salsiccia* zu, und man musste auch nicht mehr an Olivenöl sparen. Und die Petroleumlampen konnten sie bis spät in der Nacht brennen lassen, weil es an Petroleum nicht mehr mangelte.

Zwei Tage nach seiner Rückkehr weckte sein Vater ihn um vier Uhr in der Frühe auf, um mit ihm in dem neuen Boot zum Fischen hinauszufahren. Inzwischen war er es gewohnt, zu dieser Stunde aufzustehen, daher fiel es ihm nicht schwer. Und weil er mit dem Netz nicht umzugehen verstand, nahm er, kaum dass er an Bord war, die Ruder in die Hand.

Über drei Monate zuvor, etwa zehn Tage vor seiner Abreise, war Lollo, der Gefährte von Adelio, an einem heftigen Fieber erkrankt und konnte nicht mehr arbeiten. Daher hatte Giurlà seinen Platz einnehmen müssen. Am ersten Tag, den es zu rudern galt, hatte sich sein Rücken wie zerschlagen gefühlt: In der Mittagspause hatte er gedacht, nicht weiterrudern zu können, und am Abend war er so erschöpft gewesen und kam mit so kaputten Knochen nach Hause, dass er sich nicht mehr rühren konnte.

Jetzt hingegen, nachdem er schon einen halben Tag gerudert hatte, fühlte er nicht die geringste Müdigkeit, er war herrlich frisch und voller Kraft. Als sie eine Pause machten, um sich zu stärken, sagte Adelio lachend:

«Die Bergluft hat dir gutgetan, Giurlà, du bist richtig kräftig geworden.»

Als sie an Land zurückkamen, teilte Adelio den Fang in zwei Teile, den einen für Don Pitrino und den anderen für sich. Jetzt konnten sie es sich erlauben, zu Hause guten Fisch zu essen, so viel sie nur wollten. Wenn sie hingegen keine Lust darauf hatten, zog Adelio durch die Straßen und verkaufte ihn.

«Begleite mich doch zu Don Pitrino, dann kannst du dich bei ihm bedanken und ihm guten Tag sagen.»

«Ich freue mich, dich wiederzusehen», sagte Don Pitrino zu ihm, als er ihm wie einem erwachsenen Mann die Hand reichte.

Er blickte ihm in die Augen und fuhr fort:

«Don Sisino hat mir berichtet, dass du dich bei einer bestimmten Gelegenheit als ganzer Kerl bewiesen hast. Gut gemacht!»

Giurlà wusste nicht, was er darauf antworten sollte.

«Wenn du zurückkehren willst, steht die Tür für dich immer offen.»

Sobald sie wieder auf der Straße waren, fragte Adelio:

«Was war denn das für eine Gelegenheit, von der Don Pitrino gesprochen hat?»

Wer weiß, warum, aber Giurlà beschloss auf der Stelle, seinem Vater nichts von der Sache mit Randazzo zu erzählen.

«Ach, nichts weiter. Zwei Ziegenhüter hatten sich in die Wolle gekriegt, und ich hab dafür gesorgt, dass sie sich wieder vertragen.»

Drei

Sicher, das weite, offene Meer hatte seinen ganz besonderen Duft, manchmal stärker, manchmal schwächer. Ein Geruch von Algen und von salziger Luft, der vor allem in den frühen Morgenstunden, wenn die Sonne noch tief stand, so intensiv wurde, dass es in der Nase kribbelte. Doch wie man es auch betrachtete, es war immer das Gleiche. Die Farbe des Meeres wechselte zwar, keine Frage, aber sie reichte immer nur von einem klaren Himmelblau zu einem Sturmwindgrau. Das Land hingegen hatte hundert Düfte, die sich mischten und tausend wurden, zweitausend, der Geruch von Bitterwurz, Schnittlauch, Gewürznelke, Salbei, Basilikum … Und die Farben? Heilige Jungfrau, wie viele Farben es da gab! Abgesehen vom üppigen Grün in seinen vielen möglichen Abstufungen, waren da noch das Rot und das Gelb! Und erst das Blau und das Violett!

«Woran denkst du, Giurlà?»

«An nichts, Papa.»

Kurzum: Nach nicht einmal einer Woche begann das Meer Giurlà anzuöden. Und nicht nur das: Das Rauschen des Meeres, das ihn vor seiner Abreise noch in den Schlaf gesungen hatte, störte ihn jetzt, es machte ihn nervös und ließ ihn kein Auge zutun, es sei denn, erst Stunden nachdem er sich hingelegt hatte.

Und in einer dieser Nächte war's, dass ihm, nachdem er sich im Bett hin und her gewälzt hatte und nach vielen Stunden endlich eingeschlafen war, Beba im Traum erschien.

Er befand sich in der Ebene, in die er die Ziegen immer zum Grasen geführt hatte, und saß wie gewöhnlich auf seinem Stein und hütete die Herde. Die Böcke strebten normalerweise zur Bergkuppe hin, zu jenem Stück, das bewaldet war. Doch als er seinen Blick dort hinaufwandern ließ, sah er, dass die Böcke dieses Mal nicht dort waren. An ihrer Stelle stand Beba dort. Sie rührte sich nicht und schaute ihn an. Sie wirkte wie ein Bild, deutlich abgehoben von dem Blau des wolkenlosen Himmels.

Dieser Eindruck war so stark, dass er aufwachte.

Und dann gab es noch etwas, das er nicht ertrug, und das machte ihm richtig Sorgen. Wenn er mit seinem Vater, der nur wenig redete, auf dem Meer war, ließ sich die Situation ertragen. Doch abends, wenn sie alle zusammen am Tisch saßen und aßen, machte ihn das Geschnatter seiner Mutter und seiner Schwester regelrecht taub, und es fehlte nicht viel, dann hätte er Kopfschmerzen davon bekommen. Drei Monate lang war er immer allein gewesen, wenn die Abenddämmerung hereinbrach, und er fühlte, wie diese Stille ihm zu fehlen begann. Doch konnte er den beiden sagen, sie sollten den Mund halten? Die hätten doch geglaubt, er wäre verrückt geworden! Vielleicht musste er einfach nur mehr Geduld haben. Ganz sicher würden die alten Gewohnheiten nach und nach wieder die Oberhand gewinnen. Doch jede Nacht erschien ihm unweigerlich Beba im Traum, regungslos, hoch oben auf der Bergspitze.

Als er Pippo und Fofò zum ersten Mal wiedersah, waren zehn Tage seit seiner Rückkehr vergangen. Sonntags fuhr Adelio nur morgens zum Fischen hinaus, daher konnte Giurlà sich nachmittags mit den Freunden treffen. Sie vereinbarten, dass sie sich um neun Uhr wiedersehen wollten. Und weil Giurlà den Lohn für seine letzte Arbeitswoche bei sich trug, kaufte er eine Flasche Wein, und sie gingen zum Strand, wo sie sich hinsetzten und tranken.

Sogleich vertrauten Pippo und Fofò ihm ein Geheimnis an.

«Fofò und ich haben eine Frau!», sagte Pippo triumphierend.

«Und wo habt ihr die beiden aufgegabelt?»

«Wir haben eine gemeinsam», präzisierte Fofò.

«Dieselbe?», fragte Giurlà erstaunt.

«Dieselbe.»

«Und wie macht ihr's?»

«Zuerst der eine, dann der andere», sagte Pippo lachend.

«Das müsst ihr mir genauer erzählen!»

«Erinnerst du dich an Mela Ragusa?», fragte Fofò.

Er erinnerte sich nicht mehr an sie.

«Na, die Zwanzigjährige, die blonde Schlampe, die mit ihrem Vater im letzten Haus der Via delle Cannelle wohnt, das nach der eisernen Brücke, und die …»

Plötzlich erinnerte Giurlà sich wieder.

«Aber das arme Ding ist doch nicht ganz richtig im Kopf.»

«Na, was macht das schon? Wichtig ist doch nur, dass sie vögeln will», sagte Pippo.

Und er erzählte ihm die ganze Geschichte. Nach dem, was man im Ort so hörte, hatte der Vater, der Witwer wurde, als seine Tochter sieben Jahre alt war, seit eh und je seine Bedürfnisse bei der Kleinen gestillt. Doch vor einem Jahr hatte er eine Geliebte gefunden, bei der er nun sonntagnachts immer war.

Und so hatte Pippo sich eines sonntagabends auf die Lauer gelegt, und eine halbe Stunde später, nachdem Mela Ragusas Vater aus dem Haus gegangen war, seinen ganzen Mut zusammengenommen und an die Tür geklopft. Mela hatte geöffnet. Sie war nur mit ihrem Unterrock bekleidet gewesen, und darunter war nichts.

«Was wilstu?»

«Kann ich dir das drinnen erklären?»

Eigentlich hatte er erwartet, dass sie auf der Stelle die Tür vor seinem Gesicht zuschlagen würde. Doch stattdessen trat sie zur Seite und sagte:

«Komm rein!»

Das Haus war zu ebener Erde, vorne das Esszimmer, dahinter das Schlafzimmer. Kaum war er eingetreten, hatte Pippo sie, ohne auch nur ein Wort zu sagen, in seine Arme gezogen, und weil sie nicht nur nicht von ihm wegrückte, sondern sich vielmehr an seinen Körper presste, hatte er ihr den Unterrock abgestreift, sie auf den Tisch gelegt und dann begonnen, in sie hineinzustoßen, und über all das hatte sie kein einziges Wort gesagt. Oder doch: Irgendwann hatte sie nämlich angefangen, «Mmuu, mmuu» zu sagen, wie wenn sie eine Kuh wäre, und sie hielt Pippo so eng umschlungen, als wollte sie gar nicht mehr aufhören. Bevor er ging, hatte er zu ihr gesagt:

«Sonntag bringe ich einen Freund mit.»

Sie hatte ihn nur mit großen Augen angesehen, aber weder ja noch nein gesagt.

Und so war auch Fofò ins Spiel gekommen. Nur dass jetzt der eine im Esszimmer warten musste, während Mela mit dem anderen im Schlafzimmer rummachte.

«Und weißt du was?», sagte Fofò. «Jetzt gehen wir schon zwei Monate zu ihr, und sie kennt noch immer nicht unsere Namen, denn sie hat uns nie danach gefragt!»

«Und wie steht's bei *dir* mit den Frauen?», fragte Pippo ihn.

Er hatte keinerlei Neigung, mit jemandem über die Sache mit Rosa zu sprechen. Er sah seine Freunde an und zog die Schultern hoch.

«Nur Ziegen habe ich in diesen drei Monaten gesehen.»

«Na, man erzählt sich ja, dass die Ziegenhüter es mit ihren Ziegen treiben, wenn sie gar nicht mehr anders können», sagte Fofò.

«Schwachsinn, was man sich da erzählt.»

«Sag mal, willst du nicht auch mit zu Mela kommen?», fragte Pippo ihn unerwartet.

Er sagte ja, obwohl er keine große Lust hatte. Aber er wollte nicht hasenherziger erscheinen als seine Freunde.

«Heute Abend fragen wir sie, und wenn sie einverstanden ist, kommst du Sonntag mit uns.»

«Aber da ist was.»

«Sag schon!»

«Für mich darf's nicht zu spät werden. Am nächsten Morgen muss ich nämlich um vier aufstehen.»

«Dann kommst du eben als Erster dran. Morgen Abend kann ich dir sagen, ob sie einverstanden ist oder nicht.»

Am folgenden Abend, kurz nach dem Essen, hörte er Pippo von der Straße aus nach ihm pfeifen.

«Ich geh für eine Stunde raus.»

«Komm nicht zu spät wieder!», sagte sein Vater.

Bei Pippo war auch Fofò.

«Mela ist einverstanden», sagte Pippo.

«Ist die denn immer einverstanden?», fragte Giurlà.

«Eigentlich hat sie weder ja noch nein gesagt.»

«Aber was hat sie dann gesagt?»

«Nichts. Sie hat mich mit ihren Kuhaugen nur angesehen. Und weil sie nicht nein gesagt hat, heißt das doch, sie hat ja gesagt.»

«Mir kommt da gerade ein Gedanke», sagte Fofò.

«Und was für einer?»

«Wenn Mela nie nein sagt, dann könnten wir die Sache zu unserem Vorteil nutzen.»

«Zu noch mehr Vorteil als jetzt schon?», fragte Giurlà.

«Ja, klar.»

«Und wie?»

«Gesetzt den Fall, ich geh an einem Sonntag nicht zu ihr hin und schick an meiner Stelle einen anderen, dann merkt Mela sicher nicht mal, dass ich es gar nicht bin.»

«Und was hast du davon?»

«Kapierst du nicht? Ich hab davon, dass ich den anderen für den Fick mit Mela ordentlich blechen lasse.»

«Mann, ist das verwichst!», sagte Pippo.

«Verdammt genial! Zweimal im Monat gehen wir zu

ihr, und zweimal im Monat gehen zwei andere an unserer Stelle hin. Ich meine, zehn Lire pro Mann geben die uns garantiert! Zehn Lire ist das Mindeste! Das bedeutet, dass jeder von uns zwanzig Lire verdient!»

«Und es ist ja nicht gesagt», begeisterte sich Fofò, «dass Mela nicht bis Mitternacht oder noch länger weiterarbeiten kann. Ihr Vater kommt bis fünf am Morgen ja nicht zurück.»

«Warte, ich rechne das mal aus», sagte Pippo. Und nach kurzer Zeit riss er die Augen weit auf und rief: «Sollen wir wetten, dass Mela für uns zur Goldgrube wird?»

Giurlà verharrte stumm. Er mochte die Richtung nicht, die seine beiden Freunde einschlagen wollten.

In dieser Nacht stellte er sich vor dem Einschlafen die Frage, warum er eigentlich nie Lust hatte, mit jemandem über die Monate zu reden, die er fort gewesen war. Seine Mutter hatte ihn an den ersten Tagen nach seiner Rückkehr gefragt, wie es ihm denn ergangen sei, ob er unter der Kälte gelitten und was man ihm zu essen gegeben habe, ob es ihm schwergefallen sei, immer allein zu sein, ob er vielleicht auch Wölfen begegnet sei, und er hatte ihr immer ziemlich einsilbig geantwortet, sodass sie leicht gekränkt gewesen war und ihn nichts mehr gefragt hatte. Seinem Vater wollte er die Geschichte mit Randazzo nicht erzählen. Seinen Freunden hatte er nicht erzählen wollen, dass er schon einmal mit einer Frau zusammen gewesen war. Und wieso hatte er nicht einen Gedanken daran verschwendet, seine Freunde Pippo und Fofò in die Sache mit Beba einzuweihen? Aus Scham? Nein, ganz sicher nicht, unter ihnen herrschte ja uneingeschränktes Vertrauen. Wie oft hatten sie nackt am Strand verglichen, wer den Größten und wer den Dicksten hatte! Und hatte Pippo nicht erzählt, wie er einmal versucht hatte, sein Ding in einen Fisch zu schieben, der haargenau die Form der weiblichen Natur hatte? Und hatte Fofò nicht das Gleiche mit einem Huhn gemacht?

Nein, Scham war es nicht, eher war es … Zurückhaltung.

Das war das Wort, das in seinem Kopf heraufdämmerte. Zurückhaltung. Und das verblüffte ihn. Ein Wort, das ihm Beba gegenüber wie das angemessenste vorkam und zugleich wie das am wenigsten geeignete. Kurz gesagt: Er begriff, dass sich sein Leben in zwei Hälften gespalten hatte. Mit einem Unterschied allerdings: dass er, kaum dass er in den Bergen gewesen war, nicht mehr ans Meer gedacht hatte. Jetzt hingegen war er nicht mehr in der Lage, sich die Tage mit den Ziegen aus dem Kopf zu schlagen. Und das bedeutete nur eines: dass diese Monate in der Ferne die Oberhand über alles andere gewonnen hatten.

Am folgenden Sonntag begleiteten ihn Pippo und Fofò zu Mela. Und als sie die Tür im Unterrock und mit nichts darunter öffnete, sagte Pippo:

«Weil's ja nun für dich das erste Mal ist, lassen wir dich allein. In einer halben Stunde sind wir wieder zurück.»

Er trat ein, schloss die Tür, und als er sich umdrehte, war Mela schon ins Schlafzimmer gegangen. Er kam dazu, als sie nackt neben dem Bett stand und ihn mit ihren Kuhaugen ansah. Sie kam ihm vor, als wäre sie blind, in ihrem Blick lag nicht der geringste Ausdruck.

Sie hatte große Brüste, die ihr am Oberkörper herunterhingen, und die Härchen zwischen ihren Schenkeln waren so blond, dass sie im Schein der Petroleumlampe fast weiß aussahen. Sie hatte ihn nicht begrüßt, sie hatte nicht ein Wort gesagt. So etwas wie eine Puppe aus Fleisch, die darauf wartete, benutzt zu werden. Wenn er auch nur eine Spur von Lust gehabt hatte, so war sie ihm jetzt schlagartig vergangen. Sie schaute ihn an und sagte nichts. Als sie aber sah, dass er sich nicht rührte, legte sie sich aufs Bett, führte eine Hand zwischen ihre Schenkel und fing an sich zu streicheln. Giurlà kehrte in die Küche zurück.

Nach einer halben Stunde klopfte es an der Tür. Einen Augenblick lang überlegte er. Was sollte er den Freunden sagen? Aber dann war er nicht rechtzeitig aufgestanden, und Mela hatte im Unterrock bereits die Tür geöffnet.

«Na, wie ist's gelaufen?», fragte Pippo, als er mit Fofò hereinkam.

«Fabelhaft», antwortete er im Hinausgehen.

In dieser Nacht erschien ihm, wie schon seit einiger Zeit, Beba wieder im Traum. Doch dieses Mal waren sie beide in der Laube. Er war nackt und halb über sie gebeugt, und sie trieben es miteinander. Ja, denn auch Beba antwortete auf sein Stöhnen mit ihrem «Määhmääh» bei jedem Eindringen, und manchmal drehte sie sich um und sah ihn an, und ihre Augen leuchteten vor Liebe für ihn.

Er besuchte Mela nicht mehr, obwohl Fofò und Pippo ihn jeden Sonntag dazu einluden. Kostenlos natürlich, aus alter Freundschaft. Denn sie hatten Fofòs Plan umgesetzt und ließen die anderen bezahlen. Jetzt hatten sie Geld in der Tasche und wollten Giurlà ständig etwas spendieren, einen Espresso, ein Glas Wein ... Doch Giurlà lehnte ab, und am Ende sah er sie auch nicht mehr so häufig, weil er sie durch sein ständiges Ablehnen nicht kränken wollte.

Am zehnten Tag des Monats August waren sie zum Fischen hinausgefahren, da teilte er seinem Vater seine Absicht mit, doch wieder für Don Pitrino zu arbeiten. Adelio leistete nicht viel Widerstand, denn er rechnete sich aus, dass Giurlà als Ziegenhüter mehr verdiente. Um sich beim Fischfang helfen zu lassen, würde er sich irgendjemanden suchen und ihm ein paar Cent zahlen.

Am dreißigsten desselben Monats begleiteten ihn seine Mutter, sein Vater und seine Schwester zum Autobus. Jetzt trug Giurlà kein Bündel mehr mit sich, sondern einen großen Koffer.

«Kommst du Weihnachten zurück?», fragte ihn seine Mutter unter Tränen.

«Ja.»

Doch sicher war er sich nicht.

Er nahm denselben Weg wie beim ersten Mal, doch jetzt reiste er allein und klebte nicht mehr mit der Nase am Zugfenster, um zu sehen, wie das Meer zu einem Streifen wurde, den man vom Horizont nicht mehr unterscheiden konnte, bis er hinter Bäumen und Hügeln verschwand.

Am Bahnhof von Castrogiovanni holte Don Sisino ihn ab, der sich auf seine Art erfreut zeigte, ihn wiederzusehen. Er war noch schweigsamer als sein Vater; er lächelte und sagte zu ihm:

«Du siehst gut aus.»

Und das war auch schon alles. Er nahm ihn zum Übernachten nicht mit zu sich nach Hause, sondern brachte ihn gleich zum See. Darüber war Giurlà erfreut: Auf diese Weise konnte er Beba noch an diesem Abend wiedersehen. Damianu aber, der schon auf ihn wartete, sagte ihm, nachdem er ihn umarmt hatte:

«Heute Nacht schläfst du bei mir, es ist viel zu dunkel für den Weg. Zum Pferch gehst du dann morgen früh.»

«Und wer kümmert sich unterdessen um die Ziegen?»

«Mach dir keine Sorgen, Filippo ist noch beim Pferch. Wenn du dann morgen ankommst, geht er fort.»

Er war enttäuscht. Doch was machte das schon, tröstete er sich, es handelte sich ja nur noch um ein paar Stunden. Nach dem Essen legte er sich zum Schlafen auf den Strohsack, den Damianu im ersten Zimmer für ihn hergerichtet hatte. Es war das Esszimmer, in dem sich die Ziegenhüter sonntags immer trafen.

Am nächsten Morgen holte Damianu zwei Maultiere aus dem Stall hinter dem Haus, und sie machten sich auf den Weg, als die Sonne schon hoch stand, der Ziegenhüter voraus und er hinterher, den Koffer quer vor seinem Bauch.

Man konnte nicht sagen, ob der Tag schön werden würde oder nicht, denn der Nebel hatte sich noch nicht verzogen. Doch als sie beim Pferch ankamen, hatte die Sonne die Landschaft in ein helles Leuchten getaucht. Alles kam ihm genau so vor, wie er es verlassen hatte. Die Ziegen waren nicht da, zu dieser Stunde waren sie längst auf die Weide geführt worden.

«Ich geh jetzt wieder», sagte Damianu. «Wenn du dich

eingerichtet hast, geh zu Filippo, der wird dir die Herde übergeben und kann dann bald nach Hause gehen. Wir sehen uns Sonntag.»

In der Laube war nichts verändert worden. Oder doch: Es gab da etwas, das vorher nicht da gewesen war. Filippo hatte sich nämlich einen Topf gekauft, eine Gabel, einen Löffel und einen Teller.

Er holte seine Sachen aus dem Koffer und räumte alles an seinen Platz. Zuletzt holte er einen Block Salz von vier Kilo hervor, den er im Lager am Hafen erstanden hatte, und stellte ihn auf die Erde. Das war das Geschenk, das er für Beba mitgebracht hatte, so konnte sie, wenn sie in die Laube kam, schön daran lecken.

Er ging hinaus und sah, dass der Lederbeutel leer war und dass daneben eine Hacke stand. Daran konnte man erkennen, dass es Filippo Freude machte, die Erde zu bestellen, und tatsächlich befand sich hinter der Laube außer dem Kreis aus Steinen, der als Kochstelle diente, ein neu angelegtes Beet. Und er entdeckte auch ein paar Basilikumpflänzchen und viele andere Kräuterbüschel, die er nicht kannte.

Er warf sich den Lederbeutel über die Schulter und stieg zur Ebene hinauf. Auf halbem Weg blieb er beim Wasserfall stehen, erfrischte sich und trank ein paar Schluck. Er fühlte sich so gekräftigt, wie wenn er ein Glas Wein getrunken hätte. Wieso hatte das Wasser von Vigàta nicht die gleiche Wirkung auf ihn?

Kaum war er bei der Ebene angekommen, schaute er zur Kuppe des Berges hinauf. Dort waren die Böcke und grasten. Beba aber nicht, sie war nicht dort. Was bist du nur für ein Dummkopf!, sagte er sich. Du hast sie doch nur im Traum da oben auf der Kuppe stehen sehen, das war nicht die Wirklichkeit. Beba ist ganz sicher mit den anderen Ziegen im Wald.

Er hatte sich vorgestellt, dass Beba sofort auf ihn zugelaufen käme, sobald er an der Ebene zu sehen sein würde, und vor lauter Freude hüpfen und springen würde wie ein Hund, der nach langer Zeit seinen Herrn wiedersieht. Doch so war es nicht.

Vier

Statt Beba kam ihm Filippo entgegen, ein vierschrötiger Vierzigjähriger mit einem Haaransatz direkt über den Augen und großen langen Eselsohren.

«Gut, dass du gekommen bist», sagte er zu Giurlà. «So kann ich gleich gehen, denn bis nach Hause ist es weit.»

«Gibt's Neuigkeiten?»

«Was soll ich dir schon Neues erzählen? Morgens geht die Sonne auf, und abends geht sie unter. Ach, übrigens, ich hab ein Stückchen Erde aufgehackt.»

«Hab's schon gesehen.»

«Ich hab Peterling gesät, Basilikum, Karotten, Spinat, Radieschen und Zucchini. Das alles kannst du essen. Wenn's dir Spaß macht, kannst du Mitte des Monats Rübchen sähen und dicke Bohnen. Der Samen ist in einer Schachtel in der Laube.»

«Sag mal, den Topf, das Besteck und die Hacke, nimmst du die mit?»

«Wenn du sie haben willst, lass ich sie dir da. Ich brauche sie nicht mehr.»

«Danke», sagte Giurlà und streckte ihm die Hand entgegen.

«Zuerst muss ich noch was erledigen», sagte Filippo und verschwand im Wald.

Kurz darauf sah Giurlà ihn mit einer Ziege über der Schulter wieder herauskommen. Aus der Ferne wirkte die Ziege wie tot, denn sie hing leblos nach allen Seiten herunter, und Filippo musste sie mit beiden Händen festhalten. Giurlà rutschte das Herz in die Hose. Ohne eine Erklärung dafür zu haben, wusste er, dass diese Ziege Beba war, obwohl sich ihr Kopf hinter Filippos Rücken befand und nicht zu sehen war. Er wollte dem Ziegenhüter entgegenlaufen, aber er konnte sich nicht bewegen, er war wie gelähmt und in kaltem Schweiß gebadet.

«Jetzt also lebe wohl!», sagte Filippo.

Mit letzter Kraft öffnete Giurlà den Mund.

«Warum nimmst du diese Ziege mit?»

«Die ist hin, die stirbt.»

«Ist sie krank?»

«Damianu sagt nein. Nur dass sie nicht mehr fressen will. Daher nehm ich sie mit und ess sie selber.»

«Hast du Damianu gesagt, dass du sie mitnehmen willst?»

«Nein.»

«Dann nimmst du sie auch nicht mit. Sie ist eine Ziege aus der Herde. Wenn sie fehlt, muss ich das Damianu erklären und Rechenschaft ablegen. Leg sie sofort auf die Erde!»

Das musste er so fest und resolut gesagt haben, dass Filippo beschloss, ihm zu gehorchen, nachdem er einen Augenblick überlegt hatte, ob er es auf einen Streit ankommen lassen sollte.

«Ist ja gut, ist ja gut, reg dich nicht auf! Und wenn du mich schon die Ziege nicht mitnehmen lässt, gibst du mir dann wenigstens was für das Gemüsebeet, die Hacke und den Topf?»

Giurlà gab ihm drei Lire, was wesentlich mehr war als der Wert dieses Zeugs, aber er wollte, dass Filippo auf der Stelle verschwand. Was Filippo auch tat, gleich nachdem er das Geld eingesackt hatte.

Beba lag seitlich auf dem Boden, ihre Augen waren geschlossen. Das Atmen fiel ihr schwer, sie schnappte nach Luft, hechelte. Heilige Jungfrau, wie abgemagert sie war! Er betrachtete ihr Fell, ihre Nase, ihren Bauch. Er schob ihre Lippen auseinander. Nichts deutete auf eine Krankheit hin. Ganz sicher fraß sie nicht, weil sie keine Lust mehr hatte zu fressen. Mit Tränen in den Augen legte auch er sich bäuchlings auf die Erde und flüsterte ihr leise ins Ohr:

«Ich bin hier, Beba. Erkennst du mich? Ich bin's, Giurlà. Ich bin zurückgekommen, hörst du mich? Beba, mach doch um Himmels willen die Augen auf! Beba!»

Doch Beba hörte ihn nicht.

Er kehrte eine Stunde früher als gewöhnlich zum Pferch zurück und lud sich Beba auf die Schultern, aber so, dass ihr Kopf nicht herunterbaumelte. Er ließ den Lederbeutel am Wasserfall, aber blieb nicht stehen, um ihn zu füllen, denn er wollte keine Zeit verlieren. Er führte die Herde in den Pferch, lief zur Laube, legte Beba auf den Strohsack und deckte sie zu. Dann ging er hinaus, stieg noch einmal zum Wasserfall hoch, füllte den Lederbeutel und kehrte zur Laube zurück. Er goss ein bisschen Wasser in seine Hand und strich es über Bebas Maul und wiederholte das Gleiche noch zweimal.

«Tu das nicht, Beba! Jetzt bin ich doch zurückgekommen und geh nicht mehr fort!»

Er musste sie allein lassen, weil die Frauen gekommen waren. Die Truppe war unverändert, und alle umarmten ihn, glücklich und zufrieden, dass er wieder zurück war.

«Rosa hat mir aufgetragen, dich von ihr zu grüßen», sagte Tanina.

«Wie geht's ihr?»

«So gut, als wär sie die Päpstin persönlich. Sie geht zwar jeden Tag in die Käserei, aber sie macht keinen Ricotta mehr», sagte Gemma.

«Und warum?»

«Weil Don Tichino sie ins Haus genommen hat. Jetzt spielt sie die Herrin. Und weil sie im zweiten Monat schwanger ist, hat sie ihm weisgemacht, dass er der Vater ist. Und dieser gehörnte Trottel hat das auch noch geglaubt!»

«Sie hat mir auch aufgetragen, dir zu sagen, dass sie dich morgen oder übermorgen vielleicht besuchen kommt», sagte Tanina.

Und gleich gab Gemma auf boshafte Weise ihren Senf dazu:

Wurd der Pfad schon mal begangen,
wächst des Wandersmanns Verlangen.

«Das reicht jetzt! Machen wir uns an die Arbeit!», sagte Giurlà gebieterisch.

Endlich waren die Frauen abgezogen, und er konnte in die Laube zurück.

Er entzündete die Lampe. Bebas Atmung hatte sich

gebessert, sie hechelte nicht mehr. Wieder befeuchtete er ihr Maul mit Wasser, nahm dann eine Handvoll Salz und strich es ihr auf die Lefzen. Er ging hinaus zum Beet, auf dem ein duftendes Kraut wuchs, dessen Namen er nicht kannte. Er wusste nur, dass Ziegen es gern fraßen, also rupfte er es aus und kehrte damit zurück in die Laube.

Schließlich tat Beba etwas, das ihn mit neuer Hoffnung erfüllte: Langsam, wie unter einer ungeheuren Kraftanstrengung, leckte sie sich das Salz von den Lefzen. Er rührte sich nicht, denn er hatte Angst, dass jede Regung sie ablenken könnte. Dann war sie fertig, und er legte sacht das Kraut neben den Strohsack, nahm sein Essen mit nach draußen, setzte sich hin und lehnte sich mit dem Rücken gegen den Pfahl.

Mehr und mehr kam er zu der Überzeugung, dass er Beba am nächsten Tag unmöglich mit den anderen auf die Weide führen konnte – sie war einfach nicht in der Lage zu laufen. Er musste sie notgedrungen in der Laube zurücklassen, die allerdings keine Tür hatte, sodass Beba jedem großen Tier, das hereinkommen würde, hilflos ausgeliefert wäre. Da fiel ihm ein, dass in der Nähe des Beets ein Haufen Zweige lag, den Filippo dort aufgestapelt hatte, um Holz für das Feuer zur Hand zu haben.

Als er fertig gegessen hatte, kehrte er in die Laube zurück. Beba atmete ruhig, hielt die Augen aber weiterhin geschlossen. Er setzte sich auf den Strohsack neben sie, nahm das duftende Kraut und hielt es ihr unter die Nase.

«Sieh mal, was ich dir mitgebracht habe! Komm, friss schon!»

Nach einer Weile fingen Bebas Nüstern ganz leicht zu beben an. Sie hatte den Duft wahrgenommen! Schließlich öffnete sie das Maul, und Giurlà verstand, dass er sie füttern sollte wie ein kleines Kind oder einen Kranken. Er schaffte es, sie dazu zu bringen, die ganze Pflanze zu fressen, ein Hälmchen nach dem anderen.

Dann nahm er Kordel, Strick und Lampe und ging hinaus, um aus Filippos Zweigen und den beiden Ziegenfellen eine Tür für die Laube zu bauen. Er arbeitete die ganze Nacht.

Drei Tage später konnte Beba sich endlich wieder auf den Beinen halten. Giurlà führte sie in das Gemüsegärtchen und ließ sie so viele Kräuter und Gräser fressen, wie sie nur wollte. Und sie schwelgte!

Am folgenden Tag ließ Giurlà sie mit der Herde zur Weide ziehen. Den ganzen Hinweg über drängte Beba sich so dicht an ihn, dass er kaum einen geraden Schritt machen konnte. In der Ebene angekommen, ging Beba nicht mit den anderen in den Wald, sondern fraß das Gras und die Blumen zu seinen Füßen.

Die Sonne erinnerte ihn an diesem Morgen an die Sonne von Vigàta. Trotzdem waren die Septembertage in den Bergen anders als die an der Küste. Im September konnte man in Vigàta am besten im Meer schwimmen, weil das Wasser nicht so eine warme Brühe war, dass man hinterher keine Kraft mehr hatte, noch einen Schritt zu tun, und auch die Sonne brannte nicht mehr so heiß, dass man gleich anfing zu brutzeln, sobald man trocken war. Kurz: Während in Vigàta der Monat September das Ende der Saison bedeutete, war er hier der Beginn des Herbstes. Doch an diesem Morgen war es ihm, als wäre er am Strand von Vigàta, und er spürte eine unbändige Lust zu schwimmen. Er beschloss, sich unter den Wasserfall zu stellen, schließlich würde sich Piru, der Hund, ja um die Ziegen kümmern.

Sobald er von dem Stein aufstand, hob Beba den Kopf und sah ihn alarmiert an.

«Ich bin sofort zurück», sagte er zu ihr.

Als er beim Wasserfall angekommen war, zog er sich nackt aus und glitt ins Wasser.

Es war so kalt, dass ihm der Atem stockte, doch nach einer Weile gewöhnte er sich daran. Ungefähr fünf Minuten lag er so da, mit geschlossenen Augen, als etwas über seine Haut streifte und von seiner Brust nach unten glitt. Eine Schlange! Ganz sicher!

Er machte einen Satz nach hinten, rutschte aus und fiel auf den Rücken. Er hatte die Augen geöffnet, musste sie aber gleich wieder schließen, weil ihm das Wasser in dieser Haltung die Augäpfel herausgepresst hätte. Doch dieser kurze Moment, in dem er sehen konnte, genügte, um ihm eine solche Angst einzujagen, wie er sie noch nie verspürt hatte. Was ihn da berührt hatte, war keine Schlange, sondern ein großes Tier, eine große, undeutliche Masse. Und plötzlich stürzte diese Masse auf ihn herab und zerquetschte ihn unter ihrem Gewicht.

Er sah sich verloren. Er öffnete den Mund, um nach Hilfe zu rufen, doch das Wasser erstickte ihn beinahe. Und dann wurde ihm klar, dass er sich unter dem Leib einer Frau befand, er erkannte die Form der Brüste gegen seinen Oberkörper, er spürte die weibliche Zärtlichkeit und Sanftheit der Arme, die ihn umschlangen, die süße Stärke der Schenkel, die seine einschlossen. Er kämpfte, wollte die Frau von sich wegdrücken, doch sie hielt ihn umschlungen. Er war genötigt zu tun, was sie wollte.

Ja, umschlungen, das war er – genauso, wie er es einmal bei einer Ziege beobachtet hatte, die im Wald verzweifelt blökte. Etwas musste mit ihr geschehen sein, denn es war klar, dass sie sich in Schwierigkeiten befand. Er war aufgesprungen, in den Wald gelaufen, geführt von ihrem Angstgeschrei, und hatte sie gefunden. Alles hatte er sich vorgestellt, nur das nicht, was er da sah: Die Ziege lag seitlich auf dem Boden. Eine riesige Schlange hatte sich um ihre vier Beine geschlungen, wodurch sie zu Fall gekommen war und sich nicht mehr rühren konnte. Und nun hing die Schlange mit ihrem Maul an einer der Zitzen und saugte Milch! Für einen Moment hatte er dagestanden wie versteinert und sich das Spektakel angeschaut, dann hatte er der Schlange mit seinem Stock einen gewaltigen Hieb versetzt, sodass sie auf der Stelle ihre Beute losgelassen hatte und ins Gehölz geflüchtet war. Die Ziege war nur erschrocken gewesen, hatte sich wieder auf die Beine gestellt und weitergefressen.

«Ich hab mir doch so eine Gelegenheit nicht entgehen lassen können!», sagte Rosa lachend und umarmte ihn, nachdem sie beide sich wieder angezogen hatten. «Als ich dich da plötzlich vor mir sah, da hab ich keine Zeit mehr verloren, mich ruck, zuck ausgezogen und ins Wasser runtergelassen.»

Giurlà sagte nichts und befreite sich aus ihrer Umarmung.

«Na? Was hast du denn?»

«Nichts.»

«Hat's dir denn nicht gefallen?»

«Nein.»

«Und wieso?»

«Ich mag das nicht, so aus dem Hinterhalt.»

«Ach ja? Ihr Männer dürft's aus dem Hinterhalt machen und wir Frauen nicht?»

«Aus welchem Grund bist du hergekommen?»

«Um zu machen, was wir schon mal gemacht haben.»

«Einverstanden, und weil du bekommen hast, was du wolltest, geh ich jetzt wieder.»

«Hör zu, Kleiner, glaub ja nicht, du wärst so unschuldig!», sagte Rosa pikiert.

«Ich hatte nicht die Absicht, das hier zu tun», entgegnete Giurlà.

«Doch ein bestimmter Teil von dir hatte sie, diese Absicht, und wie er sie hatte!»

«Was besagt das schon, das war die Natur!»

Rosa kehrte ihm den Rücken und begann mit dem Abstieg. Er wartete, bis sie verschwunden war, dann zog er sich wieder aus und wusch sich gründlich. Er wollte nicht, dass Beba Rosas Duft auf seiner Haut riechen konnte.

Nach drei Nächten fühlte er ein großes Verlangen nach Beba. Sie lag ausgestreckt neben seinem Strohlager, und er streckte eine Hand nach ihr aus. Er glättete ihr Fell und fing dann an, leicht und sanft ihre Zitzen zu streicheln. Das tat er nicht, weil er Lust auf Rosa oder auf sonst irgendein Mädchen hatte, nein, er begehrte sie, Beba, sie war es, die ihm fehlte, die ihm Lust machte. Doch Beba rührte sich nicht. Daran sah er, dass sie noch nicht bereit war, sie war noch immer nicht ganz gesund. Er musste Geduld haben und warten.

Am letzten Sonntag im September ging er wie gewohnt zum See und danach zusammen mit den anderen Ziegenhütern zum Haus von Damianu. Sie aßen, sie tranken, Damianu zahlte allen den Wochenlohn aus, und danach blieb er mit Giurlà allein.

«Du musst aufpassen, jetzt beginnt die Paarungszeit.»

«Was muss ich tun?»

«Erschrick nicht, wenn die Böcke ihre Hörnerkämpfe austragen.»

«Fließt dabei Blut?»

«Nein, aber sie verpassen sich mit den Hörnern gewaltige Hiebe oder bedrängen sich gegenseitig so lange, bis der Schwächere von beiden das Weite sucht. Manchmal kämpfen sie auch um ein Weibchen. In diesem Fall sind sie noch gefährlicher.»

«Wieso?»

«Weil beide dich auf die Hörner nehmen könnten, wenn du versuchen solltest, sie auseinanderzutreiben. Doch wenn dir klar ist, dass sie sich möglicherweise schwer verletzen und man sie auf jeden Fall trennen muss, dann denk dran, immer genug Abstand zu ihnen zu halten. Und immer musst du den Schäferstab in der Hand haben und ihn einsetzen. Verpass ihnen gewaltige Schläge, sonst spüren sie dich gar nicht!»

Dann wurde es richtig Herbst.

In Vigàta wurde diese Jahreszeit ihrem Ruf mehr als gerecht, wenn Himmel und Meer zu einem einzigen Grau ineinanderflossen, das auf das Herz niederdrückte, und oft trieben die Südwestwinde das Meer dazu, den Strand zu verschlucken und bei jedem Zurückweichen gelbliche Schaumschlieren zu hinterlassen. Hier hingegen tauchte der Herbst die Landschaft in Farben, das Grün machte dem Gelb und dem Braun Platz, die Stängel der Pflanzen fingen an, sich zu krümmen, und die Blätter fielen von den Bäumen. Und auch die Gerüche veränderten sich, sie wurden stärker, wie wenn sie sich in der Erwartung des Endes dem Menschen noch einmal richtig einprägen wollten. Der Wald zum Beispiel sandte jetzt, nach den ersten Regenfällen, einen viel schärferen, harzigeren Geruch aus. Er war wie ein richtiges Parfüm, ähnlich dem Duft, mit dem die vornehmen Damen sich sonntags besprühten, wenn sie zur Kirche gingen. Doch während in Vigàta dieser Jahreszeitenwechsel dazu führte, dass man schlimmstenfalls eine Jacke überziehen musste, galt es hier, sich schon richtig einzupacken, auch mit Ziegenfellen, denn der Herbst in dieser Gegend entsprach dem tiefsten Winter in Vigàta.

In den ersten Novembertagen sah es so aus, als wollten die Ziegen durchdrehen. Wenn Giurlà sie zum Weiden führte, sah er, dass keine mehr in den Wald hineinlief, sondern alle in Sichtweite auf der Ebene verweilten. Giurlà betrachtete sie wie verzaubert. Sie machten nicht nur einfach mehr leise «Määh», sondern gaben ein abgehacktes, ständiges «Mä … mä … mä …» von sich, als wollten sie in rascher Folge kurze Fragen ausstoßen. Ihre Schwänze bewegten sich ununterbrochen, sie zitterten so, wie wenn das Malariafieber sie befallen hätte. Einige wenige hingegen rollten ihre Ohren ein. Dann konnte es passieren, dass zwei oder drei plötzlich im Kreis liefen und Piru sie verzweifelt anbellte. Mit anderen Worten: Ein paar Tage lang verbrachte Giurlà mehr Zeit damit, den Ziegen nachzulaufen, als auf seinem Stein zu sitzen. Doch was ihn wirklich erstaunte, war, wie die Böcke sich verhielten. Sie kraxelten nicht mehr auf die Bergkuppe, wie sie es sonst immer taten, sondern versammelten sich in der Nähe der Herde. Giurlà hatte bemerkt, dass sie seit einigen Tagen dermaßen zu stinken begonnen hatten, dass er sich schier übergeben wollte, wenn der Wind in seine Richtung blies. Sie verbrachten den halben Tag damit, sich gegenseitig Stöße mit den Hörnern zu verpassen. Danach drängten sie sich an einem Tag unter die Herde und begannen haltlos in der Gegend herumzupissen. Heilige Jungfrau, verbreitete sich da ein Gestank in der Luft! Anschließend wälzten sie sich auf dem bepinkelten Gelände und rannten in alle Richtungen den Ziegenweibchen hinterher, die dann auch anfingen zu pissen und sich in einer Weise hinstellten, dass ihr Urinstrahl den Kopf des sie bedrängenden Bocks traf.

Als sie abends zurück beim Pferch waren, verbrauchte er das ganze Wasser aus dem Ledersack, um Beba zu waschen, die ebenfalls das seltsame Gehabe der anderen Ziegen an den Tag legte. Anfangs war er darüber verwirrt und enttäuscht. Zu sehen, wie sie auf den Kopf eines Bocks pinkelte und große Lust dabei empfand, wie sie die Nüstern weitete, den gewaltigen Gestank einatmete, den der Bock verbreitete, hatte ihn angeekelt, und er fühlte sich betrogen. Dann aber dachte er, dass Beba nur ihrer

Natur folgte. Und hatte er selber denn Rosa nicht so geantwortet?

Doch als das Wasser aufgebraucht war, stank Beba immer noch. Da nahm er die Lampe, um in der Dunkelheit zum Wasserfall hinaufzusteigen, und dabei begleitete sie ihn. Er packte sie bei den Hörnern und zwang sie, sich unter das Wasser zu stellen. Damit seine Kleider nicht nass wurden, hatte er sich nackt ausgezogen. Danach ließ er Beba hinaus und trocknete sie mit einem alten Hemd ab. Zuletzt füllte er noch den Ledersack mit Wasser. Doch sie hatten gerade mit dem Abstieg begonnen, um zum Pferch zurückzukehren, als Beba sich quer vor ihm in den Weg stellte, und es gab nichts, das sie hätte bewegen können weiterzugehen. Da verstand er, was Beba von ihm wollte.

Auch als sie am folgenden Tag zur Ebene kamen, taten die Ziegen das Gleiche wie tags zuvor: Sie gingen nicht in den Wald. Aber die Böcke veranstalteten keine Kämpfe mehr, sondern mischten sich gleich unter die Herde, und sie stanken nach dem alten Dreck, der ihr Fell verkrustete, und nach dem neuen. Doch dieses Mal fingen sie an, die Weibchen zu bespringen.

Fünf

An diesem Morgen war Beba unentwegt bei ihm geblieben, obwohl sie noch immer fickerig war. Einige Male war es, als folgte sie einem inneren Ruf und wollte dann zur Herde laufen, wo die Böcke ihr Werk vollbrachten, und man konnte deutlich erkennen, dass auch sie Lust hatte, besprungen zu werden, doch dann hielt sie inne und kehrte zurück.

Plötzlich entdeckte Giurlà, dass zwei Böcke mit den Hörnern aufeinander zugingen, aber nicht, um ihre Kräfte zu messen, sondern weil sie wirklich die Absicht hatten, sich gegenseitig weh zu tun. Sicher war es wegen einer Ziege, die ihnen zuschaute und ein Gesicht machte, als wollte sie sagen: «Schluss mit dieser Bolzerei, mich interessiert nur, besprungen zu werden, und für mich hat es überhaupt keine Bedeutung, wer von euch beiden das tut.» Er dachte wieder an das, was Damianu ihm gesagt hatte, und lief mit erhobenem Stab auf sie zu und gab ihnen zwei kräftige Hiebe auf den Rücken. Doch die Böcke machten einfach weiter. Da packte er den Stab mit beiden Händen und schlug mit voller Kraft auf einen der beiden. Diesmal zeigte der Hieb Wirkung: Der Bock zog sich zurück. Der andere nutzte die Gelegenheit sofort, um ihn erneut anzugreifen, aber dann brachte ihn ein kräftiger

Hieb von Giurlà zum Stehen. Der Bock, der sich zuerst zurückgezogen hatte, verlor keine weitere Zeit und besprang die Ziege. Der zweite Bock suchte sich eine andere Ziege, die willig sein würde.

Giurlà drehte sich um, um wieder zu seinem Stein zurückzukehren, aber er versteinerte selbst angesichts der Szene, die sich ihm da bot: Beba sprang herum und blökte verzweifelt, um sich von einem Bock zu befreien, der sie bespringen wollte und mit den Vorderbeinen schon auf ihr lag, um sie mit dem Gewicht seines Körpers festzuhalten. Einige Male gelang es Beba, ein Stück nach vorne zu rücken, doch der Bock ließ nicht locker und schaffte es, sie hinten zu besteigen. Giurlà brüllte, als wäre er irre geworden; er lief durch die dichtgedrängte Herde, und als er in Reichweite des Bocks war, versetzte er ihm einen solchen Hieb, dass es ihm fast das Kreuz brach. Das Tier ließ für einen Moment von Beba ab, die sofort weglief, machte dann einen Satz nach vorne und gab Giurlà einen gewaltigen Stoß mit den Hörnern in den Bauch. Dieser Stoß brachte seinen Atem zum Stocken, und er krümmte sich vor Schmerzen. Und ein weiteres Mal hielt der Bock auf ihn zu wie eine Kanonenkugel, traf ihn mitten in die Brust, schwang ihn in die Luft und warf ihn zu Boden. Er erwartete noch einen weiteren Stoß, der aber nicht kam. Wohin war das Tier verschwunden? Sein Atem setzte aus; er stützte sich auf einen Arm, um nachzusehen. Der Bock rannte zu Beba hinüber, die still dort stand und voller Angst war.

Der Bock dachte, dass Beba nun ihm zustand, schließlich hatte er ja seinen Gegner besiegt. Im Nu stand Giurlà auf und machte sich, so schnell er konnte, zu dem Bock auf. Aus seiner Tasche hatte er das Messer gezogen und hielt es geöffnet in der Hand. Der Bock hatte schon die Vorderbeine auf Beba gelegt, als er bei ihm ankam. Mit einem Satz schwang er sich auf den Rücken des Tiers, senkte den Arm – die Stellung des Bocks war günstig für ihn –, stieß das Messer in seinen Bauch, zog die Klinge nach oben und schlitzte ihn der Länge nach auf.

Beba, die das Gewicht von sich abfallen fühlte, rannte erneut weg. Der Bock sank ganz langsam auf die Knie, während ihm das Gedärm immer mehr aus der Wunde quoll. Giurlà, der neben ihm stand, schaute zu, wie er starb. Dann vernahm er eine große Stille. Die ganze Herde hatte sich nicht vom Fleck gerührt und starrte auf ihn und den toten Bock. Kurz dachte er, die anderen Böcke würden sich nun vielleicht auf ihn stürzen, um den Tod ihres Gefährten zu rächen. Doch stattdessen machten die Tiere nach einer Weile mit der Paarung weiter. Nur dass sich den ganzen Tag lang kein einziger Bock mehr Beba näherte. Sie hatten verstanden, dass sie ihm gehörte.

«Ich hab einen Bock verloren», sagte er zu Damianu, nachdem die anderen Ziegenhüter gegangen waren.

«Wie kam's?»

«Das war am Wasserfall, er kämpfte mit einem anderen Bock, rutschte und stürzte in die Schlucht.»

So wie Randazzo, hätte er eigentlich sagen wollen, doch er hielt den Mund.

«Hast du ihn bergen können?»

«Ja. Ich habe ihn zerteilt, um die Innereien herauszunehmen, und habe ihn dann an einen Baum gehängt. Wenn Ihr raufkommt, zeig ich ihn Euch.»

«Ich brauche ihn nicht zu sehen, begrab ihn einfach! Ach übrigens, Don Sisino hat beschlossen, dass die Herde dieses Jahr am fünften Dezember hier runterkommen soll.»

«Und wo soll sie hin?»

«Auf die andere Seite des Sees, zu den überdachten Pferchen. Im Winter ist es sehr kalt.»

«Und was fressen die Ziegen?»

«Heu und Kleie, später erklär ich dir alles.»

«Bis wann bleiben wir dann in dem überdachten Pferch?»

«Bis zum ersten März, sofern das Wetter gut ist, andernfalls, sofern es noch zu kalt ist, müssen wir abwarten, dass die trächtigen Ziegen lammen.»

Nachdenklich ob der Neuigkeiten, die Damianu ihm mitgeteilt hatte, kehrte er zurück. Würde er Beba auch an den Ort mitnehmen können, wo er wohnen würde? Könnte er allein dort wohnen, oder müsste er seine Unterkunft mit jemandem teilen? Er war sicher, dass er nicht in der Lage sein würde, ein Zimmer oder eine Kammer oder was auch immer mit einem anderen zu teilen. Und ohne Beba würde er es sowieso nicht lange aushalten können. Aber es blieb ihm nichts anderes übrig, als abzuwarten und zu sehen, wie sich die Dinge gestalteten, wenn man erst einmal vor Ort war. Doch vorläufig betrübte ihn der Gedanke, dass in Kürze alles anders sein würde.

Am Tag vor dem Abtrieb der Herde zum See packte er den Koffer mit all seinen Sachen. Der Pferch würde monatelang verlassen sein, und es war nicht auszuschließen, dass Vagabunden in die Laube eindrangen und mitgehen ließen, was sie finden konnten. Er hatte sich wohlgefühlt an diesem Ort, und es tat ihm leid, ihn verlassen zu müssen.

Damianu tauchte beim ersten Tageslicht auf einem Maultier auf, und er führte ein zweites für Giurlà bei sich. Als sie aufbrachen, ritt an der Spitze Damianu, ihm folgte die Herde mit Piru, dem Hund, und zuletzt Giurlà. Beba hatte sich unter ihre Gefährtinnen gemischt. Giurlà hatte beobachtet, dass sie sich von ihm fernhielt, wenn Fremde in der Nähe waren.

Am See sagte Damianu, dass sie noch eine gute Wegstunde vor sich hätten. Sie zogen um den ganzen See herum, bis sie zu einem Pfad kamen, der im Nichts zu enden schien. Dann, nach einer Biegung, entdeckte Giurlà die Gebäude. Aus der Ferne zählte er drei: zwei große und ein ganz kleines.

Da ließ er sein Maultier zu dem von Damianu aufschließen.

«Das linke Gebäude ist die Stallung», erklärte ihm der Ziegenhüter. «In dem daneben befindet sich das Heu, und das kleinste ist dein Haus.»

«Kümmere ich mich allein um alles?»

«Warum fragst du? Hast du dich denn bis jetzt nicht auch allein um alles gekümmert?»

Er jubelte. Die Verhältnisse waren ganz genauso wie in den Bergen, nur dass hier alles aus Mauerwerk war. Und nichts und niemand würde ihn daran hindern, auch weiterhin mit Beba zusammen zu sein.

Die Stallung bestand aus einer zwei Meter hohen Mauer, die ein riesiges Rechteck bildete. Das Ganze wurde von einem Dach gekrönt, das auf Pfählen von einem Meter Höhe ruhte, sodass zwischen Mauer und Dach die Luft gut zirkulieren konnte. Ein breites Holztor bildete den Eingang zur Stallung. Das Gebäude daneben war höher als die Stallung, es war eine Art Turm, der mit Heuballen so voll gepackt war, dass ihr Geruch Giurlà schier betäubte. Dort standen auch an die dreißig Säcke, allerdings hatte er keine Ahnung, was sich in ihnen befand. In der Nähe der Tür stand ein Karren mit hochgestellten Deichseln.

Seine eigene Unterkunft bestand aus einem einzigen Zimmer, doch es hatte eine richtige Tür und ein Fenster. Drinnen war ein frisches, sauberes Strohlager, ein Tisch mit der üblichen Petroleumlampe darauf, zwei Stühle und eine gemauerte Herdstelle mit einem Stapel Holz. Sämtliche Geräte, die man zum Kochen und Essen brauchte, hingen an der Wand. Sogar eine halbe Flasche Olivenöl stand da! Ein zwischen zwei Zimmerecken angebrachtes Stahlseil diente zum Aufhängen von Hemden und Hosen. Draußen neben der Tür, direkt unter der Regenrinne, stand ein großer Tonkrug voll Wasser zum Waschen.

Es war Wasser vom Himmel, Regenwasser. In dieser Gegend musste es oft regnen.

Beim Essen erklärte Damianu ihm, was er zu tun hatte.

«Jeden Morgen lässt du als Erstes die Ziegen raus. Dann nimmst du fünf Ballen Heu und bringst sie mit dem Karren in die Stallung.»

«Und wer zieht den Karren?»

«Du! Wenn du drinnen bist, löst du die Ballen und verstreust das Heu mit der Mistgabel auf dem Boden. Das musst du regelmäßig jeden Morgen machen. Ringsum an den Wänden innerhalb der Stallung stehen niedrige Zinkwannen. Jeden Samstagmorgen nimmst du statt Heu zwei Sack Kleie aus dem Lager. Die verteilst du auf die zehn Wannen, füllst sie mit Wasser und rührst alles mit einem Stück Holz um.»

«Wo hole ich mir das Wasser?»

«Hinter der Stallung ist ein Brunnen. Aber pass auf, es ist kein Trinkwasser!»

«Und wann kriegen die Ziegen zu saufen?»

«Jeden zweiten Tag, gegen vier Uhr nachmittags führst du sie zum See.»

«Wann kommen die Frauen zum Melken?»

«Normalerweise noch vor der Dämmerung. Ach ja, ich wollte dir noch sagen, dass von heute an und für die ganze Zeit, die du hier bist, dein Lohn ein anderer ist: Statt eineinhalb Lire bekommst du zwei.»

«Wieso?»

«Weil du hier viel mehr Arbeit hast.»

So wie die Dinge sich entwickelt hatten, bestand keinerlei Notwendigkeit, dass Beba tagsüber in der Stallung bei der Herde war. Er holte sie ins Haus, und jeden Morgen gab er ihr Heu, das er an der Außenmauer aufschüttete, sofern es nicht regnete. Oder er verstreute es auf dem Boden, wenn es goss, Beba ließ ohnehin nicht den kleinsten Halm übrig. Den Kleiebrei hingegen bereitete er für sie in einem alten Eimer zu, den er beim Brunnen gefunden hatte. Die Tür ließ er immer offen stehen, auf diese

Weise konnte sie ganz nach Belieben entweder drinnen oder draußen sein. Hin und wieder gab er ihr eine Handvoll Salz: In dem Turm mit dem Heu standen zwei Säcke voll.

Zu Weihnachten ließ er durch Don Sisino seiner Familie die Nachricht zukommen, dass er reichlich zu tun habe und daher leider nicht nach Hause kommen könne, wie er es gern gewollt hätte.

Das stimmte zur Hälfte, zur anderen Hälfte war es gelogen. Damianu hatte ihm gesagt, dass er so leicht keinen Ersatz für ihn finden würde, wenn er, Giurlà, für eine Woche nach Hause zurückkehren wolle, und er hatte geantwortet, er würde bleiben. Doch seinem Vater schickte er seinen ganzen Lohn, daran fehlte auch nicht ein Cent.

An einem Abend Ende Februar, als die Frauen sich gerade wieder auf den Weg machen wollten, fiel der Blick von Gnà Sunta auf Beba, die sich in der Nähe des Hauses aufhielt. Sie ging zu ihr und betrachtete sie.

«Wieso ist diese Ziege nicht trächtig?»

«Woran seht Ihr, dass sie nicht trächtig ist?»

«Von der Paarung bis zur Lammung dauert es einhundertvierzig Tage. Jetzt sind einhundertdreißig Tage vergangen, und bei der hier ist nicht mal das Euter geschwollen, das gibt keine Milch. Zeichen, dass sie nicht trächtig ist. Und eine Ziege, die nicht lammt und keine Milch gibt, taugt zu nichts. Und wieso überhaupt ist sie draußen und nicht im Stall?»

Vielleicht war es besser, ihr zumindest die halbe Wahrheit zu erzählen.

«Sie leistet mir Gesellschaft.»

«Ah», sagte Gnà Sunta und sah ihn lange an.

Dann schüttelte sie den Kopf, drehte sich um und machte sich mit den anderen Frauen auf den Heimweg.

Dritter Teil

Eins

Wie schnell die Zeit davonrauscht, wird einem oft gar nicht richtig bewusst. Was ist sie schon, ein Blitz? Ein Schuss aus einem Jagdgewehr? Erst bist du noch so klein, dass du dich kaum auf zwei Beinen halten kannst, und dann bist du plötzlich ein erwachsener Mann. Und weil man morgens wie abends dieselben Dinge tut, ohne jemals seine Pflicht zu vernachlässigen, ähnelt ein Tag so sehr dem vorhergehenden und dem folgenden, dass man meint, von drei Tagen wäre erst ein einziger vergangen. Und so wurde sich Giurlà unversehens dessen bewusst, dass er schon achtzehn Jahre alt war – und das nur, weil Damianu ihm an einem Sonntagmorgen eine Postkarte aushändigte, die Don Sisino ihm gegeben hatte, der sie wiederum von Don Pitrino bekommen hatte, welcher sie seinerseits von Giurlàs Vater empfangen hatte. Weil ihm durch die fleißige Lektüre des Buches von Lukrez, das er in der Kiste gefunden hatte, das Lesen und Schreiben zu etwas Vertrautem geworden war, erkannte er auf den ersten Blick, dass man ihn zur Musterung einberief. Am Freitag der folgenden Woche sollte er sich um acht Uhr morgens in der Kommandantur von Vigàta einfinden.

«Und was wird dann nach der Musterung mit mir passieren?», fragte er Damianu.

«Wenn die Ärzte dich für tauglich halten, wirst du Marinesoldat, wenn sie dich aber nicht für tauglich halten, musst du nicht weg.»

«Ich will aber kein Soldat werden, nicht zur See und nicht zu Land, ich gehe einfach nicht hin!»

«Dann schicken sie dir die Carabinieri auf den Hals, die dich verhaften und ins Gefängnis stecken, und dann wirst du trotzdem eingezogen.»

«Dann bin ich eben verschwunden, wenn die Carabinieri auftauchen.»

«Jetzt warte doch erst mal ab, bevor du irgendwelchen Blödsinn redest oder tust! Weißt du nämlich was? Don Sisino will dich nicht verlieren.»

«Aber was kann er schon für mich tun?»

«Er hat gesagt, er will noch heute mit dem Marchese di Santa Brigida reden.»

Giurlà hatte von diesem Marchese noch nie etwas gehört, was Damianu an seinem Gesicht ablesen konnte, sodass er ihm die Sache erklärte.

«Der Marchese ist hier Herr über alles, Herr über die Herden, den Wald, den See, das gesamte Land, auf dem wir Schafe, Ziegen und Rinder halten.»

«Und Don Pitrino?»

«Don Pitrino besitzt einen Teil davon, doch er verwaltet nur alles für den Marchese.»

«Wo wohnt der?»

«In Castrogiovanni, in seinem Palazzo.»

Als er zur Stallung zurückkehrte, war sein Herz derart zugeschnürt, dass es ihm so klein vorkam wie ein Mispelkern. Es war ja nicht so, dass er auf keinen Fall Soldat werden wollte, aber seine Abreise hätte Bebas sicheren

Tod bedeutet. Denn entweder hätte sie nicht mehr gefressen, wie sie es ja schon einmal getan hatte, oder sie wäre geschlachtet worden, weil sie nicht trächtig wurde und keine Milch gab. Und er? Würde er es aushalten können, mehr als ein Jahr fern von ihr zu sein? Er war sich sicher, dass er es nicht ertragen könnte. Und er hatte dafür auch einen Beweis: In all dieser Zeit war er bloß zweimal nach Vigàta zurückgekehrt, und beide Male war er nur drei Tage geblieben. Am zweiten Tag hatte er bereits begonnen, sich nach Beba zu sehnen.

Am folgenden Tag, einem Montag, nachdem er die Herde zum Grasen auf die Ebene geführt hatte, sah er Damianu kommen.

«Mich schickt Don Sisino. Er lässt dir ausrichten, dass du dich morgen früh, nachdem du die Herde hierhergeführt hast, ordentlich anziehen und zum See runterkommen sollst. Da wartet er auf dich. Der Marchese hat ihm gesagt, dass er dich kennenlernen will, bevor er eine Empfehlung für dich ausspricht.»

Ihm wurde richtig bange. Der Gedanke, dass er mit einem Marchese sprechen sollte, verunsicherte ihn. Würde er überhaupt verstehen, was der Marchese in seiner adeligen Sprache zu ihm sagte? Er suchte nach Ausflüchten.

«Und wer soll sich hier um alles kümmern?»

«Du wirst am Nachmittag wieder zurück sein.»

Er verbrachte eine unruhige Nacht und hielt Beba fest umschlungen.

«Und was meinst du? Schafft es der Marchese, dass ich nicht Soldat werden muss?»

Noch nie hatte er einen so großen Palazzo gesehen wie den des Marchese.

Man bekam ja allein schon Angst beim Eintreten! Da gab es so große Zimmer, dass es in ihnen hallte wie auf der Bergeshöhe, wo er die Ziegen zum Grasen hinführte.

«Wie viele Menschen leben denn hier drinnen?», fragte er Don Sisino.

«Er allein. Seine Frau, die Marchesa, ist schon vor vielen Jahren gestorben.»

«Mehr Leute nicht?»

«Im Sommer kommt seine Tochter, sie geht in der Schweiz zur Schule.»

Ging ein einziger Mensch hier drinnen nicht verloren?

Einer, der von oben bis unten in glänzendes Gold gekleidet war, gab ihnen ein Zeichen, dass sie ihm folgen sollten. Sie stiegen Marmortreppen hinauf und durchquerten Salons, die beinahe so groß wie der Ziegenpferch waren und alle voll mit Gemälden und Statuen.

«Ist das der Marchese?», fragte Giurlà leise.

«Das ist nur ein Diener.»

Donnerwetter! Wenn schon ein elender Diener sich in Gold kleidete, wie wäre dann erst der Marchese gekleidet? Andererseits, wohin man sich auch drehte und wendete, alles war hier aus Gold: die Spiegel, die Sessel, die Sofas, die Möbel. Der Diener klopfte an eine Tür mit goldenen Figuren, und eine Stimme sagte:

«Herein!»

Sie traten ein. Giurlàs Herz raste wie eine Eisenbahn.

Der Marchese war um die fünfzig und ganz normal gekleidet, aus Gold war lediglich seine Brille. Er war hager und hochgewachsen, mit aschblonden Haaren und einem

Ziegenbart. Er stand an einem großen Fenster und betrachtete einen toten Falter unter einem Vergrößerungsglas. Überall im Zimmer hingen Bilder mit unzähligen Faltern an der Wand. Was Giurlà jedoch am meisten erstaunte, war die lebensgroße Fotografie eines Mädchens, das so schön war wie die Sonne. Diese Fotografie stand eingerahmt auf einem hölzernen Podest neben dem Schreibtisch des Marchese.

Als dieser sich umdrehte, sah er sofort, dass Giurlà ganz gefangen war.

«Das ist meine Tochter Anita mit sechzehn. Jetzt ist sie achtzehn.»

Er sah Giurlà lange an. Und Giurlà fing unter seinem Blick an zu schwitzen. Dann entschloss sich der Marchese endlich zu reden.

«Man hat mir gesagt, dass du nicht unbedingt Soldat werden willst. Stimmt das?»

Was für ein Glück! Der Marchese redete zwar vornehm, aber er konnte alles verstehen, was er sagte.

«Das stimmt.»

«Warum willst du das nicht? Das ist doch eine gute Gelegenheit, andere Menschen und neue Orte kennenzulernen.»

«Die interessieren mich nicht.»

«Was interessiert dich denn?»

«Das, was ich tue.»

«Bist du gern mit den Ziegen zusammen?»

«Jawohl.»

«Und wie verbringst du deine Zeit? Kannst du wenigstens lesen?»

«Ja.»

«Und was liest du?»

«Ich lese gerade das Buch von einem, der Lukrez heißt.»

Der Marchese war verblüfft.

«Du liest Lukrez auf Latein?»

«Nein, in Übersetzung.»

Das wollte er wohl nicht glauben, denn er fragte ihn:

«Erinnerst du dich an den einen oder anderen Vers?»

Und Giurlà begann:

Wissen doch sollte man, dass es gilt, den Tod nicht zu fürchten,
Denn wer auf Erden nicht lebt, vermisst auch das Glück nicht …

«Das genügt», sagte der Marchese. Und wieder betrachtete er ihn stumm. Dann rief er:

«Das ist ein ziemliches Problem!»

«Warum, Eccellenza?», fragte Don Sisino.

«Siehst du's denn nicht selbst? So ein gut gewachsener Bursche, schön und kräftig und voller Leben. Das wird sehr schwierig, ihn für untauglich erklären zu lassen. Ich will's aber auf jeden Fall versuchen. Don Pitrino hat alle nötigen Informationen, und ich habe ihm gesagt, wohin er gehen und in meinem Namen sprechen soll. Wie auch immer, Junge, sei bloß pünktlich bei der Musterung! Tu alles, was man dir sagt – und dann hoffen wir mal das Beste!»

Er ging wieder zum Fenster zurück und widmete sich dem Falter.

Don Sisino gab Giurlà einen leichten Puffer als Zeichen, dass sie jetzt gehen mussten.

«Küss die Hand, Eccellenza», sagten sie wie im Chor, als sie das Zimmer verließen.

Über fünfzig junge Burschen wie er, alle in einer Reihe, nackt von Kopf bis Fuß, mit einem Blatt Papier in der Hand, das man ihnen beim Eintreten gegeben hatte. Darauf standen oben der Vor- und der Nachname, das Geburtsdatum und die Anschrift. Mit diesem Blatt bedeckten sie alle ihre Schamteile. Sie wurden gewogen, nach Größe und Brustumfang gemessen, dann untersuchte ein Arzt sie. Alle Ergebnisse wurden auf das Blatt Papier übertragen, das am Ende ein Matrose einem der drei Marineoffiziere aushändigte, die hinter einem Tisch saßen.

Als Giurlà an der Reihe war, sagte der Arzt im weißen Kittel, nachdem er ihn untersucht hatte, zu ihm:

«Geh jetzt mal bis zum Ende des Raums und komm dann wieder her.»

Giurlà tat es, der Arzt schrieb etwas auf und ging dann zum nächsten über.

Als Giurlà zu dem Tisch mit den drei Offizieren gerufen wurde, sagte der in der Mitte:

«Schade! Du wärst ein fabelhafter Matrose gewesen. Leider bist du ausgemustert worden. Du hast Plattfüße.»

Plattfüße? Was war denn das? Ganz sicher war es keine schlimme Krankheit, denn er fühlte sich ja in Form. Aber eigentlich interessierte ihn das eh alles nicht, wichtig war nur, dass der Marchese sein Ziel erreicht hatte.

Seine Eltern waren umgezogen, sie hatten ein größeres Haus gemietet, jetzt konnten sie sich das erlauben: zwei

Schlafzimmer, das kleinere davon für Maria, und ein Esszimmer. Für ihn richteten sie ein provisorisches Bett im Esszimmer her. Das war ein Zeichen dafür, dass sie ihn nicht mehr als ständiges Mitglied der Familie betrachteten.

Am letzten der drei Tage, die er in Vigàta verbrachte, sagte sein Vater abends bei Tisch zu ihm:

«Hast du schon die Sache mit Pippo und Fofò gehört?»

«Nein. Wer sollte mir's auch gesagt haben?»

«Die beiden sitzen im Gefängnis.»

«Und warum?»

«Mehrfache Vergewaltigung und Zuhälterei, so heißt's im Urteil. Sie haben sich irgendein armes Mädchen geschnappt, eine halb Verrückte, und sie nicht nur selbst benutzt, sondern sie auch noch an andere vermietet.»

Hatte er es doch gewusst, dass die Geschichte mit den beiden einmal so enden würde.

Als er an einem Sonntagmorgen zum See hinunterging, traf er an Damianus Stelle Don Sisino an.

«Vorgestern», erklärte Don Sisino ihm und den anderen Ziegenhütern, «ist Damianus Maultier gestolpert, und er ist zu Boden gestürzt. Erst hat er sich den Kopf schwer auf einem Stein aufgeschlagen, und dann ist er auch noch zwanzig Meter tief in eine Schlucht abgerutscht. Sie haben ihn ins Spital von Castrogiovanni gebracht. Daher vertrete ich ihn fürs Erste.»

Die Ziegenhüter sagten kein Wort, nicht einmal, um ihr Entsetzen über das Unglück kundzutun. Es war allgemein bekannt, dass man in Anwesenheit Don Sisinos ausschließlich schwieg und sich anhörte, was er sagte, und Schluss.

«Und wie geht's ihm jetzt?», fragte Giurlà indes, der Damianu sehr mochte.

«Die Ärzte haben die Hoffnung noch nicht aufgegeben. Und jetzt gehen wir zu Damianus Haus, dort zahle ich euch den Wochenlohn aus und gebe euch euer Essen.»

Damianu starb zwei Tage später.

Als er durch Gnà Sunta davon erfahren hatte, verbrachte er die ganze Nacht mit Beba in den Armen, und immer wieder traten ihm Tränen in die Augen. Im Grunde war mit Damianu zum ersten Mal jemand von ihm gegangen, dem er sich freundschaftlich verbunden gefühlt hatte.

Nachdem Don Sisino am darauffolgenden Sonntag allen Ziegenhütern ihren Lohn ausgezahlt hatte, sagte er zu Giurlà, er solle noch bleiben. Er bot ihm ein Glas Wein an und goss auch sich selbst eins ein.

Sie tranken schweigend. Giurlà brannte darauf zu erfahren, was Don Sisino von ihm wollte, doch es stand ihm nicht zu, als Erster zu sprechen.

«Ich habe mit dem Marchese und mit Don Pitrino gesprochen, und sie sind mit mir einer Meinung», sagte der Jagdaufseher unvermittelt.

«Worüber?»

«Du wirst Damianus Posten bekommen.»

Giurlà fühlte sich wie betäubt. Er hatte Don Sisinos Worte zwar deutlich vernommen, aber glaubte dennoch, ihn nicht richtig verstanden zu haben.

«Was habt Ihr gesagt?»

«Ich habe gesagt, dass du von nun Damianus Posten einnehmen sollst.»

Das konnte er einfach nicht glauben! Es war bestimmt

nicht wahr, Don Sisino redete Unsinn! Und selbst wenn die Sache wirklich stimmen sollte, wäre er denn überhaupt dazu in der Lage?

«Aber die anderen Ziegenhüter sind doch alle viel älter als ich!»

«Was für eine Bedeutung hat das schon? Du bist der Intelligenteste von allen und verstehst es, dir Geltung zu verschaffen. Du kannst lesen und schreiben. Du kannst gut rechnen. Filippo kehrt wieder auf deinen Posten zurück. Und du kommst hierher und wohnst hier. Jeden Tag besuchst du eine der vier Herden, samstags kommst du mit mir nach Castrogiovanni, und ich gebe dir den Lohn und das Essen für alle. Dein Lohn erhöht sich auf vier Lire pro Tag.»

Und Beba? Würde er sie verlassen können? Nein, nicht einmal, wenn sie ihm hundert Lire pro Tag zahlen würden! Am besten war es wohl, Don Sisino zumindest die halbe Wahrheit zu erzählen.

«Aber ich bin gerne bei den Ziegen!», sagte er resolut.

Don Sisino antwortete ohne Verzug.

«Wenn du so erpicht auf frische Milch bist, dann nimm dir doch zwei oder drei Ziegen mit hierher! Dienstagmorgen, sobald Filippo ankommt, gehst du zum See runter, und ich begleite dich zu den anderen drei Herden.»

Auf dem Rückweg rannte er den Berg beinahe hinauf. Er wollte Beba sofort mitteilen, was ihm Wunderbares widerfahren war.

Dienstagmorgen begleitete Don Sisino ihn zu Pferd zu Turiddrus Herde: ein zweistündiger Ritt zu vierhundertfünfzig Ziegen an einen Ort, der Monte Capra hieß, «Ziegenberg», sechshundertfünfzig Meter hoch.

«Giurlà rückt auf Damianus Posten.»

«Glückwunsch!», sagte Turiddru.

Nachmittags brachte er ihn zu Giuvannis Herde: ein gut einstündiger Ritt, zweihundert Ziegen, auf halber Höhe eines Berges von siebenhundertfünfzig Metern, der Dainu hieß.

«Giurlà rückt auf Damianus Posten.»

«Ich gratuliere», sagte Giuvanni.

Am Abend übernachtete er, tot vor Erschöpfung, zum ersten Mal in dem Haus, das einmal Damianu gehört hatte. Obwohl er seine Knochen nicht mehr spüren konnte, vermisste er Beba. Was sie wohl machte? Sicher hatte Filippo sie in den Pferch gesperrt. Aber hatte sie auch verstanden, dass er bald zurückkommen würde?

Am nächsten Tag gingen sie zur letzten Herde, der von Mattè: zweihundertvierzig Ziegen, ein Ritt von eineinhalb Stunden, zu einem Plateau in vierhundert Metern Höhe oberhalb eines Dörfchens, das Villapriolo hieß.

«Giurlà rückt auf Damianus Posten.»

Mattè öffnete nur die Arme und sagte nichts.

Am selben Nachmittag ritt er mit dem Maultier zum Pferch hinauf, nahm seine Sachen und das Buch von Lukrez, stopfte alles in den Koffer und wartete auf die Rückkehr der Herde. Er sah Beba sofort, und da verflog seine Unruhe.

Er ging zu ihr, um sie mitzunehmen, und packte sie bei einem Horn.

«Die hier nehme ich mit.»

«In Ordnung», sagte Filippo, ohne nach einer Erklärung zu fragen, zumal Giurlà ja nun sein Vorgesetzter war. Das hatte er von den Frauen erfahren, die zum Melken kamen.

Giurlà machte sich auf seinem Maultier auf den Weg, den Koffer hatte er vor seinem Bauch, und Beba lief neben ihm her.

«Hier wird es uns wirklich gutgehen!», sagte er zu ihr, sobald sie in Damianus Haus eingetreten waren. Er hockte sich hin und legte die Arme um ihren Hals. Sie wandte den Kopf herum und schleckte sein Gesicht ab.

Hinter dem Haus befand sich ein Stall, in dem ein Maultier und ein Pferd standen, ein Lager mit Kleie- und Mehlsäcken, Fässern mit schwarzen und grünen Oliven und gesalzenen Sardinen, Holzregale mit Käselaiben und vielen anderen Dingen zum Essen, und dann waren da noch ein geräumiger Backofen, ein Brunnen und ein großer Gemüsegarten. Jeden Samstagmorgen kam Donna Mariana, verknetete das Mehl, machte Feuer im Backofen und buk so viel Brot, dass es für eine Woche für Giurlà und die anderen Ziegenhüter ausreichte.

Doch wenn es Zeit war zu essen, blieb Giurlà nicht im Haus, sondern ging mit Brot und Aufschnitt in der einen Hand und dem Eimer Kleiebrei für Beba in der anderen nach draußen, setzte sich auf den Boden und lehnte sich mit dem Rücken gegen einen Baum. Beba stellte sich neben ihn, und beide aßen sie gemeinsam unter den Sternen. Die frische Luft, die zwischen einem Bissen und dem anderen in den Mund drang, war die wunderbarste Würze der ganzen erschaffenen Welt!

Wenn er zu den Pferchen ging, tat er das immer mit dem Maultier. So fühlte er sich sicherer, denn das Pferd war überaus unruhig und ängstigte sich wegen nichts. Das konnte ihm leicht das gleiche Ende wie Damianu bescheren.

Als er eines Abends zurückkehrte, stieg er vom Maultier, das von alleine direkt in den Stall ging, und bemerkte, dass Beba ihm nicht wie sonst entgegengekommen war. Im Haus war sie auch nirgends. Von Sorge erfüllt, ging er sie auf dem umliegenden Land suchen. Er rief lange nach ihr, seine Angst und sein Kummer wurden immer größer, aber es kam keine Antwort. Und weil es inzwischen dunkel war, kehrte er ins Haus zurück, um die Lampe zu holen und damit die Suche fortzusetzen. Aber dann erinnerte er sich, dass er dem Maultier den Sattel nicht abgenommen hatte, und ging in den Stall.

Da war Beba und spielte mit dem Pferd. Sie sprang um das Tier herum und gab ihm ein paar Püffe mit den Hörnern, das Pferd antwortete mit ein paar leichten Stößen mit der Schnauze.

Giurlà freute sich. Wenn er nicht da sein konnte, hatte Beba wenigstens lustige Gesellschaft.

Zwei

Am Spätnachmittag des ersten Tages im Monat Juli, einem Freitag, beobachtete er auf dem Heimweg nach einer Biegung auf halber Höhe, von wo aus man den gesamten See überblicken konnte, dass am Ufer drei Karren standen. Ein paar Männer waren damit beschäftigt, Gegenstände abzuladen; was genau, konnte er nicht erkennen.

Da er sich als Vormann über die Herden ausschließlich um die Ziegen zu kümmern hatte, gehörte es nicht zu seinen Pflichten nachzuschauen, was die Leute da machten. Dies war eher eine Sache, die in die Zuständigkeit Don Sisinos, des Jagdaufsehers, fiel. Allerdings war es durchaus möglich, dass Don Sisino davon nichts wusste. Doch plötzlich fiel ihm ein, dass eine seiner Herden diesen See als Tränke benutzte und dass, wenn die Männer etwas taten, wodurch das Wasser verunreinigt wurde, die Sache ihn sehr wohl etwas anging.

Nachdem er Beba also begrüßt und das Maultier zurückgelassen hatte, ging er zu Fuß zum See hinunter. Die Männer luden von zwei der Karren Holzpfähle und große grüne und gelbe Zeltplanen ab. Auf dem dritten Karren befand sich ein elegantes Boot aus hellem Holz und so klein, dass man denken konnte, es wäre ein Spielzeug.

Ein großgewachsener hagerer Mann gab die Anweisungen, und Giurlà meinte, ihn schon einmal gesehen zu haben.

Er wollte ihn gerade um eine Erklärung zu all diesem Durcheinander bitten, als der andere schon anfing zu sprechen:

«Seid Ihr Giurlà?»

«Ja.»

«Der hier ist für Euch», sagte der Mann und reichte ihm einen Briefumschlag. In dem Moment erkannte Giurlà den Mann wieder. Er war der ganz in Gold gekleidete Diener, den er für den Marchese gehalten hatte. Er öffnete den Umschlag und zog das Blatt heraus:

Teuerster, meine Tochter ist aus der Schweiz zurückgekehrt, wo sie die Gewohnheit angenommen hat, den Sommer am See zu verbringen. Sie liebt die Einsamkeit, daher scheidet der See von Pergusa wegen der Anwesenheit der allzu zahlreichen Bauern und Jäger aus. Der See von Villarosa scheint mir am geeignetsten, zudem dient er in der Sommerzeit auch nicht als Tränke für die Ziegen. Habe acht, dass niemand sie stört! Don Sisino hat mir gesagt, dass sich die Ziegenhüter sonntagmorgens traditionell am See treffen. Sorge dafür, dass dies über den gesamten Sommer nicht mehr erfolgt! Halte dich zur völligen Verfügung meiner Tochter, falls das notwendig werden sollte!

Der Brief war nicht einmal unterschrieben.

«In Ordnung», sagte er.

Er drehte sich um und ging nach Hause zurück.

Am folgenden Tag, als er die Lohngelder und das Essen abholte, erklärte Don Sisino ihm die Sache ausführlicher.

«Vom kommenden Montag an wird die junge Marchesa Anita jeden Morgen, auch sonntags, gegen zehn Uhr am See erscheinen.»

«Wie kommt sie dahin?»

«Mit der Kutsche. Doch die Kutsche kehrt gleich wieder um und holt sie dann gegen sechs Uhr am Spätnachmittag ab.»

«Und sie ist dann alleine dort?»

«Nein, mit ihrer Dienerin.»

«Und wie machen sie's mit dem Essen?»

«Sie bringen alles mit. Gib acht, Giurlà, der Marchese hat mir nämlich gesagt, dass seine Tochter ein bisschen eigen ist.»

«In welcher Hinsicht?»

«Wenn sie ins Wasser geht, will sie nicht, dass irgendeiner sie sieht. Sonst ist die Hölle los. Du selber lässt dich auf keinen Fall blicken. Doch wenn sie nach dir rufen, dann eilst du zu ihnen.»

Als die Ziegenhüter am Sonntag kamen, erklärte Giurlà ihnen, dass sie den ganzen Sommer über direkt zu ihm nach Hause kommen sollten, ohne am See vorbeizureiten. Dort war inzwischen alles für die Ankunft der jungen Marchesa vorbereitet. Am Ufer standen ein großes Rundzelt und ein anderes, ganz kleines. Beide hatten eine Art Eingangstür aus Segeltuch, die mit fünf großen Knöpfen geöffnet und geschlossen wurde. Das Boot, das keine Ruder hatte, lag am Ufer und konnte mit einem kurzen Anschub ins Wasser gleiten.

Am selben Abend, als er gerade zum Essen nach draußen gegangen war, sah er, wie Beba einen Satz nach vorne machte und mit den Zähnen etwas packte, das sich im Gras befand – und zwar genau an der Stelle, wo er sich immer unter den Baum setzte. Beba hob den Kopf, und Giurlà erkannte, dass sie eine Viper zwischen den Zähnen hatte. Es war schon die zweite oder dritte, die er sah, doch bisher war es immer an der Stelle gewesen, wo er die Ziegen zum Grasen hingeführt hatte. Das bedeutete, dass es auch hier welche gab. Er bückte sich, hob die inzwischen tote Viper auf und schleuderte sie weit weg.

Als er mit dem Essen fertig war, kam ihm ein Gedanke. Für einen Moment war er unschlüssig, doch dann fiel die Entscheidung. Er ging ins Haus, riss eine Seite aus einem Heft, nahm einen Bleistift und schrieb:

Schaut gutt nach, wann Ihr ins Zelte geht, obs Viepern gibt.

Er las es noch einmal durch und war nicht wirklich überzeugt: Ganz sicher gab es da noch ein paar Fehler. Aber er wollte vor Anita kein schlechtes Bild abgeben.

Ganz allmählich, so wie ihm die richtigen Worte nach und nach einfielen, schrieb er sie am Rand nieder.

Der neue Zettel, den er in tiefer Nacht geschrieben hatte, las sich folgendermaßen:

Seht überall gründlich nach, wenn Ihr die Zelte betretet, denn hier gibt es Vipern.

Er ging zum See hinunter, steckte das Blatt zwischen zwei Knöpfe von der Segeltuchtür und ging schlafen.

Am folgenden Abend fand er dasselbe Blatt, das er benutzt hatte, an seiner Tür: Es war mit einer Nadel angeheftet worden. Auf der leeren Rückseite stand jetzt: *«Danke»*.

Eine Woche darauf fand er einen weiteren Zettel:

> *Darf ich Eure schöne, sympathische Ziege mit auf eine Bootsfahrt nehmen?*

Zuerst wollte er nein sagen. Er wusste ja nicht, wie Beba die Sache sehen würde; sie war noch nie in einem Boot auf dem Wasser gewesen, und sie hätte es möglicherweise mit der Angst zu tun bekommen. Doch dann sah er ein, dass er der Tochter des Marchese diesen Gefallen kaum abschlagen konnte, sie hätte es möglicherweise übel aufgefasst. Und außerdem war er sicher, dass Anita auf Beba gut aufpassen würde.

Daher drehte er den Zettel um, schrieb *«Ja»* darauf und steckte ihn an dieselbe Stelle, an die er ihn schon beim ersten Mal gesteckt hatte.

Als er am folgenden Abend Beba umarmte, nahm er einen ungewöhnlichen Geruch an ihrem Fell wahr. Was war das? Er beschnupperte sie Zentimeter um Zentimeter. Und plötzlich wurde ihm klar: Das konnte nur Anitas Parfüm sein, und das bedeutete, dass sie Beba im Arm gehalten hatte.

Jenes Parfüm, das er nun jede Nacht an Beba roch, löste eine unbändige Neugier in ihm aus: Er wollte nur ein einziges Mal sehen, wie denn nun die Tochter des Marchese wirklich war, nachdem er sie bloß einmal auf einem Foto gesehen hatte. Was war schon dabei? Er wollte sie ja nur von weitem betrachten.

Eines Morgens stand er schon um vier Uhr in der Früh auf, ritt zu Giuvannis Pferch, der von allen der nächste war, und kehrte gegen neun Uhr zurück. Die Kutsche war noch nicht angekommen. Beba sah ihn verdutzt an; sie war es nicht gewohnt, ihn zu dieser Zeit morgens dort zu sehen.

«Määh.»

«Nichts, nichts. Bleib hier!»

Doch als Giurlà zum See hinunterging, wollte sie ihm folgen. Nein, sie durfte nicht mit ihm kommen, er würde durch sie doch entdeckt werden! Er hatte vor, sich hinter einem Wildgrasstrauch zu verstecken, um Anita bei ihrer Ankunft zu beobachten. Doch dazu musste er Beba unbedingt loswerden.

Da begab er sich zum Stall und sagte zu ihr:

«Bleib hier und spiel mit dem Pferd!»

«Määh.»

War sie nun damit einverstanden oder nicht? Doch sobald Giurlà hinausging, lief auch sie hinaus. Sie war also nicht einverstanden. Warum nur wollte sie nicht spielen? Hatte sie vielleicht seine Absicht erraten und war eifersüchtig?

«Ich hab dir gesagt, du sollst mit dem Pferd spielen!»

«Määh.»

Sie hatte nein gesagt. Und so blieb sie stehen und sah ihn an.

Da ging er zu ihr, um sie an einem Horn zu packen, doch sie, die jede noch so geringe Bewegung von ihm im Blick hatte, machte erst einen Satz nach hinten, und dann entfernte sie sich ein paar Schritte.

«Komm her!»

«Määh.»

Und sie rührte sich nicht. Er musste sie also irgendwie täuschen, einen anderen Weg gab es nicht.

Giurlà wandte sich von ihr ab und tat so, als würde er fortgehen, aber als er spürte, dass Beba hinter ihm war, drehte er sich blitzschnell um, um sie zu packen. Doch sie war schneller, wich aus und lief weg. Und Giurlà hinter ihr her. Es war unmöglich, sie zu packen. Irgendwann ließ er es bleiben, er war außer Atem und setzte sich auf den Boden.

Von dort aus sah er, dass die Kutsche schon vorgefahren war. Jetzt würde ganz sicher Anitas Dienerin kommen, um Beba abzuholen. Und er wollte sich nicht blicken lassen.

Er lief ins Haus und schloss die Tür hinter sich. Nach einiger Zeit hörte er Schritte in der Nähe des Hauses. Die Dienerin!

Sie ging in den Stall, streifte einmal ums Haus und rief dann:

«Ich finde die Ziege nicht! Sie ist nicht da!»

Vom See her drang eine andere Frauenstimme herauf, die eines jungen Mädchens:

«Na ja, lass gut sein!»

Er ließ etwas Zeit vergehen, dann öffnete er langsam

die Tür. Das Erste, was er sah, war Beba, die ihn ansah. Ihm kam es vor, als würde sie ihn richtig auslachen.

«Na gut, du hast gewonnen, ich gehe nicht zum See runter», sagte er.

Beba kam zu ihm und leckte ihm die Hand.

«Friede?»

«Määh.»

In dieser Nacht roch Beba wieder wie gewohnt, und Giurlà wusste nicht, ob er darüber froh sein sollte oder nicht.

Am letzten Tag des Monats Juli, einem Mittwoch, befand er sich auf dem Weg von Turiddrus Pferch zu dem von Giuvanni. Es war bald zehn Uhr vormittags, als das Wetter plötzlich umschlug: War es eben noch herrlich und warm gewesen, war es nun im Handumdrehen vorbei damit, und riesige tiefhängende Wolken verdunkelten den klaren Himmel. Es war, wie wenn die Nacht plötzlich herabgefallen wäre, und ein kalter, zorniger Wind kam auf, so stark, dass er Zweige und Äste zu Boden drückte. Drei Jahre zuvor hatte es ein ähnlich schweres Gewitter gegeben, an einem Sonntag, den er am See bei Damianu zusammen mit den anderen Ziegenhütern verbracht hatte, und er hatte gesehen, wie der See gefährlich aufgepeitscht worden war. Doch anders, als er es vom Meer her kannte: Die gesamte Oberfläche des Sees war von Strömungen durchzogen gewesen, die aus gegensätzlichen Richtungen kamen und mit aller Wucht aufeinanderprallten.

Seine Gedanken eilten zu Anita auf dem Boot mit Beba, und so feuerte er das Maultier an, damit es so schnell lief wie nur irgend möglich, obwohl das Tier wegen des Unwetters selbst ganz verängstigt war. Als sie eine Dreiviertelstunde später an die Biegung kamen, von der aus man den See überblicken konnte, griff eine eiserne Faust um sein Herz: Das Boot schaukelte leer auf dem tobenden Wasser. Jeden Moment konnte es untergehen. Das kleine Zelt war nicht mehr da, der Wind hatte es fortgetragen, wer weiß, wohin. Jetzt wurde der Sturm noch gewaltiger; es regnete in Strömen, wie eine Wand, die nicht aus Tropfen bestand, sondern aus Kübeln von Wasser, die Blitze blendeten, die Donnerschläge waren Kanonensalven, und der Wind, der ihnen entgegenblies, war so stark, dass das Maultier kaum vorwärtskam, sondern wie von der Hand eines unsichtbaren Riesen zurückgedrängt zu werden schien. Doch das Maultier schaffte es trotzdem.

Vor der Stalltür stieg er ab, um zum See zu laufen, aber als sein Blick ins Innere des Stalls fiel, blieb er wie angewurzelt stehen: Dort saßen Anita, Beba und eine etwa vierzigjährige Frau, alle drei waren triefnass und schauten verängstigt drein.

Die Einzige, die einen Ton von sich gab, war Beba.

«Määh.»

Er traf sofort eine Entscheidung.

«Ich komme gleich wieder», sagte er.

Er eilte in den Lagerraum, zog drei Wachstücher heraus, stürzte ins Haus, nahm alle seine Hemden, wickelte sie in die Wachstücher, damit sie nicht nass wurden, und kehrte in den Stall zurück, wo er das ganze Paket der Vierzigjährigen aushändigte.

«Trocknet Euch mit diesen sauberen Hemden ab!

Dann wickelt Euch in die Wachstücher und kommt ins Haus!»

Er machte ein Feuer an, schüttete eine halbe Flasche eingedickten Glühwein in einen Topf, fügte eine großzügige Menge Nelken und eine getrocknete Orangenschale hinzu und ließ alles auf dem Feuer aufkochen.

«Was für ein herrlicher Duft!», rief Anita, als sie nach einer Weile ins Haus kam und das Wachstuch ablegte.

Hinter ihr folgten die Vierzigjährige und Beba. Die beiden Frauen nahmen die Stühle und setzten sich dicht neben das Feuer, sodass sie ihre Kleider trocknen konnten.

Giurlà füllte den Glühwein in zwei Gläser.

«Köstlich!», sagte Anita, nachdem sie den ersten Schluck getrunken hatte. «Der wärmt mich auf.»

Beba hatte sich an Giurlàs Beine gedrückt, und sobald er einen Schritt machte, machte sie ihn auch.

«Darf ich noch etwas davon haben?», fragte Anita und hielt Giurlà ihr Glas hin.

«Gebt acht, gnädiges Fräulein, davon kann man betrunken werden», sagte die Dienerin.

Anita lachte. Ihr Lachen klang, als wäre eine Silbermünze zu Boden gefallen.

Nach einer halben Stunde, als das Gewitter schon wieder nachließ, traf eine Kutsche ein, die Don Sisino geschickt hatte.

«Herzlichen Dank für alles», sagte Anita, als sie aufstand und sich nach draußen begab.

Nun sah Giurlà sie von hinten und bemerkte, dass sie das eine Bein etwas nachzog. Hatte sie sich weh getan, oder hinkte sie von Natur aus?

Das war das einzige Mal während der ganzen Zeit, die sie gemeinsam in seinem Haus verbracht hatten, dass er seine Augen auf ihr ruhen ließ. Vorher hatte er es nicht getan, weil er Angst gehabt hatte, ihrem Blick zu begegnen. Und weil er sicher gewesen war, dass Beba ihn auf ihre Hörner gespießt hätte.

Am Abend des folgenden Tages sah er, dass das kleine Zelt geflickt und wieder aufgestellt worden war und sich alles an seinem alten Platz befand, auch das Boot, das wesentlich robuster sein musste, als es den Anschein hatte.

Und in der Nacht des folgenden Tages, als er Beba in den Armen hielt, nahm er wieder Anitas Duft an ihr wahr.

Am ersten Sonntag im August ging er vor Anitas Eintreffen zum See hinunter und warf sich ins Wasser, um zu fischen. Auch jetzt, mit neunzehn Jahren, hatte er noch nichts von seinem Geschick verloren, Fische mit der Hand zu fangen. Er hatte es schon öfter getan, seit er in Damianus Haus wohnte, denn die Ziegenhüter, die ihn auch an diesem Sonntag besuchen würden, mochten die Fische aus dem See. Nach einer halben Stunde schwamm er mit fünf großen Fischen im Netz, das er um den Hals trug, wieder zum Ufer, und gerade auf halbem Weg bemerkte er, wie die Kutsche heranrollte.

Heilige Jungfrau, er war verloren! Er konnte unmöglich aus dem Wasser heraus, er trug nur eine leichte Unterhose, die, wenn sie nass war, nicht nur durchsichtig wurde, sondern so an seinen Schamteilen klebte, dass man ihn für nackt halten würde. Nein, selbst wenn er sterben müsste, würde er nicht ans Ufer gehen, um sich Anitas Blicken auszusetzen.

Er nahm eine Haltung an, dass nur sein Kopf ein Stück aus dem Wasser herausschaute, und hoffte inständig, Anita würde ihn für ein Stück Holz halten. Was hatte Don Sisino ihm noch gesagt? Dass keiner sie sehen dürfe, wenn sie schwimmen ging! Wenn Anita ihn bemerkte, würde sie das ihrem Vater erzählen, der würde es Don Sisino weitersagen, und das würde unweigerlich dazu führen, dass er seine Arbeit verlor.

Als Erste stieg die Dienerin aus der Kutsche, dann Anita. Der Kutscher stellte in der Nähe des großen Zeltes einen Korb auf die Erde, in dem wohl das Essen war, verabschiedete sich mit einer Verbeugung und fuhr mit der Kutsche davon. Die Dienerin ging ins Zelt, doch Anita blieb draußen stehen. Er sah, dass sie zu seinem Haus hinüberblickte, und tatsächlich kam Beba eilig zum See gelaufen. Anita bückte sich zu ihr hinunter und wollte sie streicheln, doch Beba lief weiter und blieb erst stehen, als sie bis zu den Knien im Wasser stand.

«Määh», blökte sie und sah zu Giurlà hinüber.

«Wo willst du denn hin? Was ist denn nur?», fragte Anita.

Sie legte sich eine Hand über die Augen, um sich vor der Sonne zu schützen, sah hinaus und erkannte ihn. Mit der Hand grüßte sie ihn, *«Ciao, ciao!»*, ging dann ins Zelt und schloss es hinter sich.

Giurlà schwamm aus Leibeskräften, erreichte im Nu das Ufer und rannte nach Hause.

Am selben Nachmittag, als er die Ziegenhüter zur Tür brachte, sah er plötzlich Anita mit Beba an ihrer Seite zu seinem Haus heraufkommen.

Was tat sie da? Was wollte sie von ihm? Auf dem Tisch standen noch die Teller mit den Fischresten darauf, die vom Wein schmutzigen Gläser, ein paar Brotstücke lagen herum, ein wahrer Dreckstall. Hastig und schweißgebadet schaffte er alles ins andere Zimmer, doch er hatte keine Zeit mehr, die Pfanne mit einem letzten gebratenen Fisch darin von der Feuerstelle verschwinden zu lassen.

Mit einem Lachen auf den Lippen trat Anita ein. Und Giurlà konnte nicht anders, er musste ihr dieses Mal ins Gesicht blicken. Sie war so schön, dass es ihm den Atem verschlug.

«Entschuldigt mich», sagte sie, «aber Eure Ziege hat plötzlich angefangen zu hinken. Ich dachte, ich bringe sie lieber zu Euch zurück, nachher wird die Sache noch schlimmer, wenn sie weiter so herumläuft. Wie heißt sie denn eigentlich?»

«Wer?», fragte Giurlà, der in ihrem Blick versank.

«Sie», sagte Anita und deutete mit dem Kinn auf Beba.

«Beba.»

Es stimmte: Da war tatsächlich etwas an Bebas linkem Vorderbein, das sie zum Hinken brachte. Giurlà wusste inzwischen, dass die empfindlichste Stelle bei Ziegen der innere Teil des Hufes war, in den leicht Dornen eindringen konnten, weil er so weich war. Und so war es auch jetzt: Er hockte sich hin, nahm Bebas Bein in seine Hände und entdeckte sofort einen großen Dorn, der sich in den Huf gebohrt hatte. Er nahm die Spitze, die ein Stück aus dem Fleisch herausragte, zwischen Daumen und Zeigefinger und zog den Dorn heraus.

Sofort wich Beba, die Ohren nach hinten gelegt, vor ihm zurück; sie war offensichtlich unruhig, und das ganz sicher wegen Anitas Anwesenheit in seinem Haus.

Drei

Anita wiederum, die ebenfalls humpelte, hatte sich unterdessen der Feuerstelle genähert und sah den gebratenen Fisch in der Pfanne.

«Wer hat Euch denn diesen Fisch gegeben?»

Giurlà schluckte, sein Hals war trocken.

«Niemand», krächzte er. «Ich hab ihn selbst gefangen.»

«Wo?»

«Im See.»

«Gibt es da Fische?»

«Ja.»

«Und wie fangt Ihr sie? Mit der Angel?»

«Nein. Mit der Hand.»

«Mit der Hand?»

Sie war völlig überrascht. Mit ihren weit aufgerissenen grünen Augen, die zwei Seen glichen, blickte sie ihn an. Sie konnte es nicht glauben.

Dann sagte sie:

«Ich würde Euch gerne einmal fischen sehen. Wenn ich morgen etwas früher komme …»

«Wie Ihr wollt, gnädiges Fräulein.»

Sie war die Herrin, da gab es nichts zu diskutieren. Das hieß aber auch, dass er zu keiner der Herden reiten könnte.

«Und anschließend ladet Ihr mich und Sidonia zum Mittagessen ein?»

Und aus vollem Herzen, ohne dass er sich zurückhalten konnte, sagte er:

«Das würde mich sehr freuen!»

Sofort bereute er es.

«Leider habe ich kein Tischtuch ...»

«Keine Sorge, das bringen wir mit. Einverstanden?»

«Einverstanden.»

«Beba, komm!», sagte sie.

Sie gab ihm die Hand und ging hinaus.

Bebas Attacke war ebenso plötzlich wie mörderisch: Sie stieß ihm ihre Hörner mitten in die Schamteile, sodass er vor Schmerzen zu Boden sank.

«Määh», blökte sie, als sie hinter Anita hinaustrottete.

Er verbrachte eine schreckliche Nacht. Dass er zum Fischen die leichte Unterhose trug, kam überhaupt nicht in Frage, doch das Problem bestand fort, auch wenn er eine wollene Unterhose anzog.

Konnte er sich denn in Unterhose vor Anita zeigen? Einem jungen Mädchen? Einer jungen Marchesa? Einer jungen Marchesa und Tochter seines Herrn? Und außerdem – Marchesa hin, Marchesa her –, er schämte sich ganz einfach, sich in Unterhose zu präsentieren. Besser wäre es, wenn er Fische fangen ging, bevor sie kam. Doch Anita hatte klar und deutlich gesagt, sie wolle ihm beim Fischefangen zuschauen. Wie konnte er sich nur aus dieser verflixten Lage befreien?

Die Lösung des Problems fiel ihm gegen drei Uhr nachts ein. Er stand auf, nahm eine seiner Sommerhosen und kürzte sie mit einem Messer auf halbe Beinlänge. Er zog sie an; sie war weit und bequem genug und würde ihn beim Schwimmen nicht behindern.

Doch gleich darauf befiel ihn eine andere Sorge: Er hatte Fisch noch nie mit Messer und Gabel gegessen, sondern immer nur mit der Hand. Auch das, was in der Pfanne übrig geblieben war, hatte er auf diese Weise verschlungen. Wenn er früher dran gedacht hätte, dann hätte er zumindest einen Versuch mit der Gabel anstellen können. Am klügsten war's wohl, sich so zu verhalten wie Anita und sie einfach nachzuahmen. Doch die beste Lösung von allen wäre sicher, wenn ein neues Gewitter losbrechen würde, denn damit wären alle Probleme weggefegt worden.

Die Kutsche kam um neun Uhr an. Sobald Beba sie sah, rannte sie zum See hinunter. Giurlà hingegen wartete eine halbe Stunde, dann ging auch er hinunter.

Vor dem großen Zelt lag Anita auf einem Badetuch, und Beba stand neben ihr. Das junge Mädchen trug einen luftigen himmelblauen Morgenmantel, darunter erkannte er einen blau-weiß gestreiften Badeanzug, der Arme und Beine zur Hälfte unbedeckt ließ. Auf dem Kopf hatte sie eine spitzenbesetzte himmelblaue Haube und an den Füßen eigentümliche Schuhe aus blauem Leinen und ohne Absätze.

«Wollen wir?», fragte sie und richtete sich auf, als sie Giurlà kommen sah.

«Ja.» Auch in der Hose fühlte er sich vor ihr linkisch.

«Machen wir es doch so: Ihr geht schwimmen, und ich folge Euch mit dem Boot.»

«Einverstanden.»

Er ging ins Wasser, machte ein paar Schläge mit den Armen und drehte sich um. Er wollte sehen, wie weit Anita war. Die war zwar schon ins Boot gestiegen, hatte indes ein Problem: Beba wollte auch mit. Weil Anita sie jedoch an Land lassen wollte, versuchte sie die Ziege nun mit dem Ruder zu verscheuchen. Aber Beba kam bei jedem Versuch sofort wieder zurück und drängte sich zu ihr. Nach fünf Minuten Hin und Her war Anita es leid und ließ sie ins Boot klettern.

Als Giurlà eine bestimmte Stelle im See erreicht hatte, hielt er inne. Er wusste, dass es hier mehr Fisch gab als anderswo. Also wartete er ab, bis das Boot dicht neben ihm war, und tauchte dann unter Wasser.

Ihm wurde sofort klar, dass er nicht so lange wie sonst unter Wasser bleiben konnte, dafür war er zu aufgeregt. Daher kam er gleich, nachdem er den ersten Fisch gefangen hatte, schnell wieder nach oben. Kurz bevor er die Wasseroberfläche durchstieß, sah er wenige Zentimeter von seinem Gesicht entfernt das Gesicht Anitas, die sich weit über die Reling gebeugt hatte, um ihn besser beobachten zu können.

Sie lächelte ihn an.

«Seid Ihr erschöpft?»

«Nein.»

Beba hingegen hatte ihr Gesicht zur anderen Seite des Bootes gewandt und würdigte ihn keines Blickes.

Er hatte das Zimmer früh am Morgen schon sauber gemacht, doch um ganz sicherzugehen, machte er es, nachdem er vom Fischen zurückgekehrt war, noch einmal sauber. Danach ging er zum Brunnen, schnitt die sechs Fische auf, holte die Innereien heraus, entschuppte sie mit dem Messer so gründlich wie möglich und wusch sie. Dann zündete er das Feuer an und wendete die Fische in Mehl. Er ging hinaus und rief:

«Ich bin so weit!»

Mit dem Braten der Fische begann er erst, als er die Schritte der Frauen näher kommen hörte. Sidonia breitete ein Tuch über dem Tisch aus, das sie aus dem mitgebrachten Korb gezogen hatte. Als Erste bediente er Anita, danach Sidonia. Als auch er sich vor seinen Teller setzte, kam Beba an seine Seite. Doch statt neben ihm stehen zu bleiben, kauerte sie sich unter den Tisch.

Anita, die nun ein Kleid trug, fing an zu essen. Giurlà schaute ihr zu und begriff unverzüglich, wie er mit der Gabel umzugehen hatte.

«Köstlich!», sagte das junge Mädchen. «Genau wie der Fisch, den ich in der Schweiz gegessen habe. Und dazu ist er hervorragend gebraten – Komplimente an den Koch!»

«Danke», sagte er und wurde ganz rot im Gesicht.

Sekunden später wurde er noch röter, denn Beba hatte ihm ins Bein gebissen, wie ein Hund. Es schmerzte höllisch. Wie gut nur, dass auch er sich umgezogen und die kurze gegen eine lange Hose eingetauscht hatte, sonst hätte die Bisswunde sicher geblutet.

Bebas Warnung an ihn war klar wie die Sonne: Je weniger du mit Anita redest, umso besser ist es für dich.

«Wisst Ihr, wie dieser Fisch heißt?»

Heilige Jungfrau, was stellte sie ihm bloß für Fragen?

«Das weiß ich leider nicht.»

Dieses Mal ließ der Biss ihn halb vom Stuhl aufspringen.

«Weißt du es, Sidonia?»

«Nein.»

«Dieser Salat ist hervorragend. Habt Ihr einen Garten?»

Konnte man hier nicht mal in aller Stille essen?

«Ja.»

Beim dritten Biss schoss der Schmerz ihm direkt ins Gehirn. Er stand unter dem Vorwand auf, die schmutzigen Teller abräumen zu wollen, doch Anita hielt ihn zurück.

«Darum kümmert sich Sidonia.»

Giurlà verabschiedete in Gedanken sein armes Bein. Wenn Anita ihm noch zwei weitere Fragen stellte, würde er mit Sicherheit tagelang humpeln müssen. Was für ein schönes Paar sie abgeben würden, er und Anita, beide mit ihren Humpelbeinen! Er sollte wohl besser stehen bleiben, bis die beiden Frauen gegangen wären.

Sidonia stand auf und begann mit dem Abwasch. Und Anita sagte:

«Ich gehe wieder hinunter. Danke für das Mittagessen. Es war absolut köstlich. Komm, Beba!»

Er ging ins Lager, denn Don Sisino hatte ihm am Samstag zuvor gesagt, dass er wissen wollte, wie es um den Vorrat stand und wie lange sie noch ausreichend Waren haben würden. In der Dämmerung hörte er die Kutsche ankommen und wieder wegfahren. Doch Beba kam nicht zurück. Und sie ließ sich auch nicht blicken, als die Zeit fürs Abendessen gekommen war. Diesmal machte er sich keine Sorgen, er wusste, dass sie es absichtlich tat, um ihn dafür bezahlen zu lassen, dass er zu viel Zeit mit Anita verbracht hatte. Er ging schlafen, ließ aber die Tür offen stehen. Und im Schlaf tastete er hin und wieder hinüber, um sich zu vergewissern, dass sie zurückgekehrt war. Doch nichts.

Erst als er um sieben Uhr aufstand und zum Brunnen ging, um sich zu waschen, sah er sie neben der Tür kauern. Sie hatte die Nacht nicht mit ihm verbringen wollen.

«Das war doch nicht meine Schuld!», sagte er zu ihr. «Sie hat sich mit mir unterhalten – hätte ich da deiner Meinung nach nicht antworten sollen?»

«Määh», blökte Beba beleidigt.

Sie stand auf und trabte zum Garten, um frisches Gras zu fressen.

Am vierundzwanzigsten August, einem Sonntag, zeigte sich der Tag schon seit dem Morgengrauen unbeständig. Erst war der Himmel bedeckt, dann kam Wind auf, der die Wolken fortfegte wie ein eifriger Besen, und dann zeigte sich die Sonne wieder. Keine Viertelstunde später zog sich der Himmel aufs Neue zu. Doch jedes Mal, wenn die Wolken zurückkehrten, waren sie noch schwärzer und schwerer, und es war, als müsste der Wind immer mehr Kräfte aufbieten, um das ganze Wolkenschwarz zu vertreiben und das Himmelblau wieder hervorzukehren. Gegen neun Uhr war Giurlà davon überzeugt, dass Anitas Kutsche nicht kommen würde, denn auch in Castrogiovanni musste dieses Wetter herrschen. Das war kein Tag, an dem man im See baden sollte. Und es war auch kein Tag, an dem man Fische für die Ziegenhüter fangen konnte; für sie würde er Pasta mit Tomatensoße kochen, denn es war nicht ausgeschlossen, dass jeden Moment ein solches Gewitter wie im Juli losbrach. Doch dann kam nicht einmal eine Stunde später die Kutsche angerollt, und Beba lief Anita freudig entgegen.

In Erwartung, dass die Ziegenhüter eintrafen, ging Giurlà jede Viertelstunde vor die Tür und schaute, was Anita machte. Er war unruhig. Doch weil er sie nicht am Ufer sah, beruhigte er sich etwas und dachte, sie würde wahrscheinlich im großen Zelt mit Beba spielen. Besser so. Solange das Boot auf dem Trockenen lag, bestand keine Gefahr. Dann kamen die Ziegenhüter, und er hatte keine Gelegenheit mehr hinauszugehen und nachzusehen.

Doch genau das war das Erste, was er tat, nachdem sie alle wieder gegangen waren. Nun standen keine Wolken mehr am Himmel, und es war heiß. Aber das Boot lag noch immer am Ufer. Ein klares Zeichen dafür, dass Anita dem Wetter nicht traute. Er kehrte ins Haus zurück und trug die Geldbeträge und Lebensmittel, die er an die Ziegenhüter verteilt hatte, ins Ausgabenbuch ein. Und weil seine Rechnung nicht aufging, musste er wieder von vorne anfangen.

Plötzlich ließ ihn ein gewaltiger Knall vom Stuhl hochfahren: Eine Windböe hatte die Tür zugeschlagen. Jetzt war es so dunkel, dass man im Zimmer nichts mehr sehen konnte. Er stand auf und öffnete die Tür. Da erstarb sein Herz. Obwohl der Wind sich mit Sturmgewalt gegen die Wolken stemmte, verharrten sie an ihrem Platz, schwer und düster, wie sie waren. Mitten auf dem See schaukelte trunken das Boot, in dem sich Anita und Beba befanden. Sidonia am Ufer winkte und schrie verzweifelt. Das Mädchen hatte sich wohl doch von der Sonne täuschen lassen, die wieder hervorgekommen war, und dann beschlossen, mit dem Boot auf den See hinauszufahren. Und jetzt befand sie sich in größter Gefahr.

Rasch rannte er zum Ufer hinunter, zog im Laufen ein Kleidungsstück nach dem anderen aus und ließ es fallen, und es kümmerte ihn herzlich wenig, dass Anita ihn nun womöglich in Unterhose sah.

«Rette sie! Bitte rette sie!», flehte Sidonia ihn mit gefalteten Händen an, als er an ihr vorbeilief.

«Ich komme! Ich komme!», rief er aus Leibeskräften zum Boot hinüber, bevor er sich ins Wasser warf.

Doch weder Beba noch Anita hörten ihn, vielleicht weil sie so verängstigt waren. Oder vielleicht weil der Wind seine Stimme fortriss.

Kaum hatte er zu schwimmen begonnen, wurde ihm klar, dass es nicht leicht sein würde, zum Boot zu gelangen. Der Gegenstrom war übermächtig, er brachte ihn praktisch zum Stillstand, und mit jedem Armschlag kam er höchstens zwanzig Zentimeter voran. Er biss die Zähne zusammen, schloss die Augen, um sich ganz zu konzentrieren und seinen Körper zu spüren, er bat seine ganze Jugend, seine ganze Muskelkraft um Beistand und verdoppelte seine Anstrengungen.

Als er ungefähr noch zehn Meter vom Boot entfernt war, hielt er inne, um sich kurz auszuruhen und sich einen Überblick zu verschaffen. Die Lage hatte sich nur noch verschlimmert, der Wind heulte wie ein wild gewordenes Tier, die Strömungen stießen aufeinander wie brunftige Böcke, er konnte gerade noch erkennen, dass Beba und Anita sich eng umschlungen hielten und vor lauter Angst verstummt waren. Er schloss die Augen und schwamm weiter. Kaum konnte er mehr die Arme heben, es war, als würden Gewichte von hundert Kilo an ihnen hängen. Wie lange konnte er sie noch bewegen?

Endlich berührte seine Hand den hölzernen Rumpf des Bootes. Er hatte es geschafft!

Doch als er die Augen öffnete, fühlte er sich einer Ohnmacht noch näher, als er es ohnehin schon war: Das Boot trieb zwar immer noch auf dem Wasser, war aber umgekippt und lag nun kieloben! Anita und Beba waren also über Bord gegangen und ertranken jetzt!

Ohne auch nur tief Luft zu holen, tauchte er unter Wasser. Senkrecht wie eine Spindel und mit weit geöffneten Augen sank er tiefer; er schaute nach links und nach rechts, doch er konnte nur wenig sehen, das Wasser war zu trüb. Wenn Anita und Beba nur noch nicht bei dem unterseeischen Wald angelangt waren! Sollten sie da hineingeraten, würde er sie niemals finden können.

Da endlich sah er sie.

Sie sanken so langsam auf den Grund, dass er im ersten Moment glaubte, sie würden sich gar nicht bewegen, als schwebten sie auf halber Höhe wie von unsichtbaren Fäden festgehalten.

Die Stille dort unten war vollkommen. Anitas Haare, die nach oben trieben, umwehten sie wie ein Strahlenkranz, die Hände hatte sie seitlich am Körper, und wie aufrecht stehend sank sie hinab, ohne sich zu regen. Auch Beba sah aus, als würde sie aufrecht stehen, doch ihr Kopf befand sich auf gleicher Höhe wie der des Mädchens.

Und so waren Anitas und Bebas Gesichter dicht beieinander, das eine dem anderen unmittelbar gegenüber, sie sahen sich in die Augen, wie wenn sie vertraulich miteinander redeten, über ein Geheimnis, das nur sie beide kannten.

Für Sekunden bewegte er sich nicht, sondern betrachtete die Szene wie unter einem Zauber.

Dann schoss er los, mit zwei Armschlägen war er bei ihnen, gab Beba einen Schubs unter den Bauch, der sie nach oben treiben sollte, während er mit der anderen Hand Anita an den Haaren packte und sie mit sich an die Oberfläche zog.

Kaum hatte er den Kopf über der Wasseroberfläche, drehte er mit der freien Hand das Boot um, warf erst Anita hinein und zog dann sich selbst an Bord.

Sie atmete, sie lebte!

Das Bewusstsein, dass es ihm gelungen war, Anita zu retten, gab ihm neue Kraft. Wieder tauchte er ins Wasser, schoss wie der Blitz zum Grund, doch als er Beba endlich packen konnte, war nichts mehr zu machen. Sie trieb dort auf dem Rücken, mit nach oben gestreckten Beinen und geschlossenen Augen.

Beba war tot.

Er umarmte sie, hielt sie fest umschlungen und begann, wieder nach oben zu steigen.

Doch nachdem er auch Beba ins Boot gehievt hatte, war dort kein Platz mehr für ihn selbst. Er blieb im Wasser, denn die einzige Möglichkeit, das Boot ans Ufer zu bewegen, war, es vom Heck her mit den Händen zu schieben und nur mit den Füßen zu schwimmen. Aber schon nach kurzer Zeit zielte der Bug, statt auf die Zelte zuzuhalten, unter der Macht der Gegenströmung auf eine andere Stelle an Land, die weiter entfernt war. Daher musste er nach jeweils vier oder fünf Beinschlägen die Route neu auspeilen und dabei alle Kraft aufwenden, die er hatte.

Endlich hatte er das Ufer, mehr tot als lebendig, erreicht. Er war vollkommen außer Atem, und seine Knie knickten ein, dennoch schaffte er es, die noch immer bewusstlose Anita hochzuheben und in das große Zelt zu tragen, wobei Sidonia ihm zur Seite stand, die überhaupt nichts mehr begriff und ihn unter Tränen immer wieder fragte:

«Lebt sie? Lebt sie?»

«Ja», antwortete er ihr, als er Anita auf ein Badetuch legte.

Auf der Stelle versagten Sidonia die Kräfte, und mit einem Wehlaut sank sie ohnmächtig zu Boden.

Und was sollte er jetzt ohne ihre Hilfe machen? Er verlor keine Zeit, hockte sich neben die Frau und versetzte ihr zwei kräftige Ohrfeigen.

«He?», sagte sie, als sie die Augen öffnete.

«Ihr müsst mir helfen! Habt Ihr Essig?»

«Essig?», wiederholte Sidonia verwirrt. «Wozu?»

«Damit Anita wieder zu Bewusstsein kommt.»

«Dafür hab ich Riechsalz», sagte die Dienerin und stand auf.

Was war das, dieses Riechsalz? Na, wie auch immer, entscheidend war nur, dass es half!

Sidonia wühlte in ihrem Korb herum, zog ein Fläschchen heraus, öffnete es, kniete sich neben Anita und fuhr mit dem Fläschchen unter ihrer Nase hin und her.

Nach einer Weile tat Anita einen langen Seufzer, öffnete die Augen und erbrach sich.

Dann sagte sie:

«Mir ist kalt.»

«Trocknet sie ab und wechselt ihr die Kleider, ich bin gleich wieder zurück», sagte Giurlà.

Er trat aus dem Zelt und lief nach Hause. Der Sturm machte nicht den Eindruck, als wollte er nachlassen. Schnell entfachte Giurlà ein Feuer, das eine schöne Wärme abgab, nahm ein Wachstuch und kehrte zum Zelt zurück.

Anita konnte nicht aufrecht stehen. Da nahm er sie auf seine Arme.

«Bedeckt Euch mit dem Wachstuch! Wir gehen zu mir nach Hause, hier ist der Wind zu stark, und das Zelt ist nicht sicher.»

Sie waren noch keine vier Schritte gegangen, als das Zelt auch schon in sich zusammensank. Ein Pfahl zerbrach und riss die Plane auf, der Wind drang ein, hob das Zelt an einer Seite hoch, riss es ganz aus seiner Verankerung und wehte es hinüber zum See.

Sobald sie im Haus waren, setzte er Anita auf einen Stuhl neben dem Feuer, füllte ein Glas Wein und reichte es ihr.

«Ich mag nicht.»

«Trinkt es!»

Dieser Kommandoton war ihm so herausgerutscht, und Anita gehorchte, ohne zu mucksen. Da war er derjenige, der sich nicht mehr auf den Beinen halten konnte. Seine Knie schlotterten wie die eines Betrunkenen, und er legte sich auf das Strohlager.

Eine Viertelstunde später fuhr die Kutsche vor.

Vier

Sobald Anita und Sidonia fort waren, ging er zum See hinunter, und es machte ihm nichts, aber auch gar nichts aus, dass der Regen ihn bis auf die Haut durchnässte.

Auch das kleine Zelt, das als Toilettenkammer diente, war vom Wind aus der Verankerung gerissen worden. Über das ganze Ufer lagen Gegenstände verstreut: Kissen, Handtücher, Körbe, Flaschen … Man konnte meinen, es wären die Überreste eines Schiffbruchs. Er ging zum Boot, nahm Beba, umklammerte sie fest und brachte sie nach Hause.

Dort legte er sie auf das Strohlager, holte sich eine Hacke aus dem Schuppen, kehrte wieder ins Haus zurück und begann direkt neben dem Strohlager eine Grube auszuheben – und zwar genau an der Stelle, wo Beba sich jede Nacht hingelegt hatte. Er musste viel Kraft aufwenden, weil die gestampfte Erde kaum aufzubrechen war. Als er endlich fertig war, legte er auf den Boden der Grube ein Wachstuch, nahm Beba, küsste sie lange auf den Mund, legte sie hinein, deckte sie mit einem Teil des Wachstuchs zu und machte sich daran, die Grube mit Erde aufzufüllen. Zum Schluss stampfte er die Erde mit den Füßen fest, danach packte er den Strohsack und legte ihn darauf. Die Grube war jetzt unter seinem Lager verborgen, auf diese Weise konnten sie auch weiterhin beieinander schlafen.

Die erste Träne kam ihm irgendwann in der Nacht. Bis dahin nichts. Die ganze Zeit über hatte er sich innerlich wie ausgetrocknet gefühlt, ausgebrannt wie eine Wüste.

Vor lauter Müdigkeit musste er dann eingeschlafen sein – als eine Bewegung, die ins Leere lief, ihn plötzlich aufweckte: Er hatte wie immer die Hand ausgestreckt, um Beba zu streicheln. Diese Bewegung ins Leere war wie ein Messerstich mitten in die Brust. Und nach der ersten Träne setzte eine ganze Tränenflut ein.

In der darauffolgenden Nacht, als er mit weit aufgerissenen Augen in der Dunkelheit lag, überfiel ihn meuchlings die Frage:

«Warum hast du dich für Anita entschieden?»

Zuerst begriff er selbst nicht den Sinn der Frage, die sich ihm da stellte. Er wiederholte sie sich nicht in Gedanken, sondern mit klaren Worten:

«Warum hast du dich für Anita entschieden?»

Der Klang seiner Worte machte ihm den Sinn deutlich: Als er im Wasser gesehen hatte, wie Anita und Beba auf den Grund des Sees sanken, hatte er, ohne zu zögern, beschlossen, Anita zu retten.

Ja, sicher, er hatte auch Beba einen Schubs gegeben, der sie an die Oberfläche treiben sollte, doch tief in seinem Inneren hatte er gewusst, dass dieser Schubs nicht ausreichen würde. Nein, er war lediglich aus Gewissensgründen erfolgt, während die Tatsache, dass er Anita bei den

Haaren gepackt und nach oben gezogen hatte, seinem festen Willen entsprungen war, sie zu retten.

Er hatte eine Entscheidung getroffen, das stand außer Zweifel, da gab es kein Vertun. In diesem Moment hatte der Mensch, der er war, ganz instinktiv entschieden, Seinesgleichen, einen anderen Menschen, zu retten. Und das bedeutete nur eines: dass in jenem Moment der Wahrheit, im Angesicht des Todes, Beba für ihn nicht mehr das geliebte Wesen dargestellt hatte, die Gefährtin seiner Tage und Nächte, die Beinah-Ehefrau, sondern dass sie wieder zu einer Ziege, zu einem Tier geworden war. Eine Ziege allerdings, der er die Möglichkeit verweigert hatte, eine Ziege zu sein. Er hatte sie zwangsweise verwandelt. Indem er verhindert hatte, dass sie sich mit einem Bock paarte, wie es das Gesetz der Natur wollte («Warum nur liest du Lukrez?», fragte er sich), hatte er ihr die Möglichkeit genommen, Lämmer zu gebären und Milch zu produzieren. Er hatte sie ihres eigentlichen Wesens beraubt, sie sich ihrer selbst entfremdet und sie gänzlich unfruchtbar gemacht. Und sie hatte sich gegen diese Form der Vergewaltigung nie aufgelehnt, und zwar aus Liebe, ja, aus Liebe zu ihm. Es gab kein anderes Wort.

Und dieses Mal weinte er aus Reue, aus bitterer Reue, die ihn erfasste.

Am folgenden Samstag fragte ihn Don Sisino:

«Geht's dir gut?»

«Ja, schon.»

«Warum machst du dann so ein Gesicht?»

Er hatte keinen Spiegel, und seit diesem vermaledeiten Tag war er nicht mehr zum See hinuntergegangen.

«Wie ist denn mein Gesicht?»

«Vollkommen blass, und um die Augen hast du schwarze Ringe, die Haut ist gespannt ...»

«Vielleicht ist der Schreck noch nicht vorüber, der mich erfasst hat.»

Das war eine glatte Lüge, er litt nicht unter einem Schock oder Ähnlichem. Tatsache war, dass er seit sechs Tagen kein Auge mehr zumachen konnte, weil er immer wieder an Beba denken musste. Doch Don Sisino schien überzeugt.

Und Giurlà wagte sich mit einer Frage hervor:

«Wie geht es dem Fräulein?»

«Gut, so scheint es.»

«Ist sie in die Schweiz zurückgekehrt?»

«Das sollte sie, aber wie es heißt, hat sie ihre Pläne geändert. Hör zu, Montag erwartet dich der Marchese um zehn Uhr vormittags.»

«Was will er denn?»

«Das weiß ich nicht. Vielleicht will er dir danken.»

«Wieso sollte er mir danken wollen? Na ja, wenn er es unbedingt will, dann reicht es doch, wenn er es mir durch Euch ausrichten lässt.»

«Der Marchese will es persönlich tun.»

«Kommt Ihr auch mit?»

«Nein, er will dich alleine.»

Wie schon beim vorigen Mal begleitete der golden gekleidete Diener ihn in das Arbeitszimmer des Marchese. Dieser saß an seinem Schreibtisch und las ein Buch, doch als Giurlà eintrat, stand er sogleich auf und ging ihm mit ausgestreckter Hand entgegen.

«Danke dir. Sidonia hat uns alles erzählt.»

«Keine Ursache», sagte Giurlà, der nicht wusste, was er sagen sollte.

«Setz dich!», sagte der Marchese, der hinter seinen Schreibtisch zurückkehrte.

Giurlà setzte sich in einen Armstuhl. Der Marchese begann wieder zu lesen.

Und was machen wir jetzt?, fragte sich Giurlà nach einer Weile.

Offensichtlich war die Danksagung zu Ende. Aber warum hatte er ihm dann gesagt, er solle sich setzen?

Plötzlich fiel ihm ein, dass der Marchese womöglich scheu und schüchtern war wie er selbst und ebenso wortkarg. Es war ja durchaus möglich, dass er nicht wusste, wie er ihm das sagen sollte, was er ihm sagen wollte. Aber konnten sie denn so weitermachen?

«Wenn Ihr erlaubt, würde ich ...», sagte er und stand auf.

Auch der Marchese stand auf. In der Hand hielt er einen großen gelben Umschlag.

«Dies hier ist ein greifbares Zeichen meiner Anerkennung», sagte er und reichte ihm den Umschlag, doch ohne ihm in die Augen zu sehen.

Es war wohl so, er musste ein scheuer Mensch sein, obwohl er ein Marchese war.

Ganz sicher war in dem Umschlag Geld. Und wahrscheinlich sogar viel. In einem Nu beschloss Giurlà, ihn nicht anzunehmen. Mit diesem Geld wurde er nicht für Anitas Rettung bezahlt, dachte er, sondern für Bebas Tod. Und Beba konnte nicht einmal mit allem Gold der Welt aufgewogen werden.

«Nein, entschuldigt, Eccellenza, ich möchte nicht, dass Ihr Euch beleidigt fühlt, aber das kann ich nicht annehmen. Küss die Hand.»

Er wandte sich ab und verließ das Zimmer. Der Marchese, der ihm nachschaute, war vollkommen verwirrt. Und so stand er da, mit dem Umschlag in der Hand.

Als er in der Nacht über Felder und durch Wälder ging, weil er keinen Schlaf finden konnte, fiel ihm ein, dass der Marchese ihn bei ihrer ersten Begegnung gefragt hatte, ob er sich noch an eine Stelle aus dem Buch von Lukrez erinnern könne, und er hatte ihm die beiden Verse aufgesagt, in denen stand, dass der Tod nicht Leiden sei, weil derjenige, der nicht mehr existiert, nicht fühlen könne. Das stimmte zwar, doch hatte Lukrez nicht das Leiden der Hinterbliebenen bedacht, die jemanden verloren hatten, der ihrem Herzen teuer war. Und dieses Leiden wurde bisweilen so stark, dass man am liebsten selbst gestorben wäre. Und das Sonderbare dabei war, dass die Tage vergingen und der Schmerz um Bebas Tod nicht weniger wurde, sondern immer größer.

Im Haus hielt er sich indessen so wenig wie möglich auf, weil er die Einsamkeit, die er vorher nie gekannt hatte, jetzt nicht nur in ihrem eigentlichen Wesen begriff, sondern sie wie eine Art Krankheit empfand, die sein Herz erdrückte. Sie nahm ihm die Lust zu essen, und sie ließ plötzlich Tränen in seine Augen treten. Er versuchte, sie zu vertreiben, indem er länger bei den Pferchen blieb, um am Abend so spät wie möglich nach Hause zurückzukehren und nur noch Zeit zu haben, sich zu waschen und schlafen zu legen. Ja, einmal kehrte er sogar überhaupt nicht heim; er blieb in Giuvannis Laube und schlief dort, verbrachte aber die ganze Nacht wach und dachte an Beba, die allein in dem kalten Haus war.

Oft vor dem Einschlafen legte er sich auf den Bauch und begann zu Beba zu sprechen, die einen halben Meter von ihm entfernt war, und erzählte ihr, was er den Tag über getan hatte.

Keiner der Ziegenhüter fragte ihn je nach Beba, wenn sie sich sonntags bei ihm versammelten. Und doch hatten sie gesehen, wie sie durchs Haus gelaufen war und wie sie an ihm gehangen hatte. Aber im Grunde, so sagte er sich, sahen die Ziegenhüter tagtäglich Ziegen, die starben, und eine mehr oder eine weniger machte für sie wohl keinen Unterschied.

Sie wussten ja nicht, dass das, was zwischen Beba und ihm bestanden hatte, etwas so Besonderes war, dass man es anderen gar nicht erzählen konnte.

«Der arme Marchese macht sich in letzter Zeit furchtbare Sorgen», sagte Don Sisino eines Samstags.

«Warum denn?»

«Wegen seiner Tochter. Seit du sie aus dem See gerettet hast, isst sie nicht mehr, schläft nicht mehr und will auch mit niemandem reden.»

«Aber es sind doch schon drei Monate vergangen! Wie hat sie es geschafft, bis jetzt am Leben zu bleiben, wenn sie nichts isst?»

«Ein Doktor aus der Schweiz ist eigens gekommen, um sie zu heilen. Er schläft im Palazzo. Weißt du, was der tut, um sie am Leben zu halten? Er nimmt das Essen und gibt es flüssig in eine Klistierspritze, sodass es ihr durch eine Ader am Arm zugeführt werden kann.»

«Aber weiß man denn, was für eine Krankheit das ist?»

«Sieht nicht so aus. Montag kommt allerdings noch ein weiterer Arzt aus Deutschland. Der Marchese kann sich gar nicht mehr retten vor lauter Arztrechnungen, die er bezahlen muss.»

Giurlà erinnerte sich an den schönen Tag, den er mit Anita verbracht hatte, als sie bei ihm Fisch essen war. Sie war so gesund und voller Leben gewesen! Das einzige Mittel war, dass …

«Wisst Ihr, warum sie auf einem Bein hinkt?», fragte er Don Sisino.

«Sie ist so von Natur aus. Ich kenne sie seit ihrer Geburt, und ich habe sie immer hinken sehen.»

In dieser Nacht erzählte er Beba, dass Anita krank sei. Und in dieser selben Nacht hatte er einen Traum.

Ohne zu wissen, wie er da hingelangt war, befand er sich unter Wasser im See und fing Fische. Plötzlich veränderte sich das Wasser, es wurde dicker, gallertartig, auch wenn es weiterhin durchsichtig blieb. Es war ein Wasser, das seinen Körper still und in der Schwebe hielt, ohne dass er auch nur die geringste Bewegung machen musste. Die Fische waren verschwunden, und den unterseeischen Wald gab es auch nicht mehr. Er hatte das Gefühl, sich in der gläsernen Halbkugel zu befinden, die er als Junge auf Don Pitrinos Schreibtisch gesehen hatte. Sie war mit Wasser gefüllt, in ihr erhoben sich einige Berge, und wenn er die Halbkugel umdrehte und dann gleich danach wieder aufstellte, fiel Schnee auf die Berge. Ihm schien, als wäre der See ganz klein geworden. Er blickte ringsumher und sah, dass sich das Wasser überall auf der gleichen Höhe rundete, genauso, wie wenn er sich tatsächlich in einer großen Kugel befinden würde. Plötzlich sah er Anita und Beba. Sie hatten haargenau die gleiche Haltung wie in dem Moment, als sie in den See gefallen waren. Die beiden Gesichter berührten sich beinahe, die Augen waren offen und blickten einander an. Er versuchte, mit einem Armschlag zu ihnen zu kommen, doch er konnte sich nicht bewegen, das Wasser war zu dickflüssig und behinderte ihn. Doch hörte er deutlich die Stimmen von Beba und Anita. Denn die beiden unterhielten sich, auch wenn es so aussah, als würden sie ihre Münder weder öffnen noch schließen.

«Einverstanden?», fragte Beba.

«Ja, einverstanden», antwortete Anita.

Da rief er sie laut, denn er wollte erfahren, was sie miteinander beredeten. Doch da weckte ihn seine eigene Stimme auf.

Nach gut zwei Wochen kam er zu der Überzeugung, dass es vielleicht besser wäre, für einen Monat nach Vigàta zurückzukehren. Seit seiner Musterung war er nicht mehr dort gewesen. Und er hatte große Lust, seine Schwester wiederzusehen, weniger allerdings seinen Vater oder seine Mutter. Er wollte sehen, wie sie gewachsen war und wie sie sich entwickelt hatte. Als Beba noch lebte, hatte er nie daran gedacht. Er sprach mit Don Sisino über seine Absicht.

«Wie lange willst du wegbleiben?»

«Einen Monat.»

«Wenn es nur für einen Monat ist, brauchen wir niemanden von draußen auf deine Stelle zu berufen. Ich übernehme das.»

«Danke.»

«Allerdings muss ich es erst dem Marchese sagen. Am kommenden Samstag gebe ich dir Bescheid.»

Er sagte es auch Beba.

«Ich kann nicht mehr, das musst du verstehen. Du fehlst mir zu sehr. Weißt du was? In der Herde, in der ich dich kennengelernt habe, ist alles beim Alten, die Laube ist noch so, wie sie war, als wir weggegangen sind, das Strohlager, die Lampe – und die Kiste mit Ramunnus Sachen ist auch noch da. Und jedes Mal, wenn ich dorthin gehe, muss ich all meine Kraft zusammennehmen. Oft, wenn ich dort bin, merke ich, wie mir die Tränen kommen, dann muss ich mir einen Vorwand einfallen lassen, um mich von dem anderen Ziegenhüter zu entfernen. Dass du nicht mehr da bist, zermalmt mich, das macht mir die Einsamkeit noch einsamer. Ich bin nur für einen Monat weg. Und du kannst hier auf mich warten, keiner wird dich entdecken, sei ganz beruhigt. Versprichst du mir, dass du nicht böse bist?»

«Habt Ihr's dem Marchese berichtet, dass ich für einen Monat nach Vigàta zurückkehren will?»

«Ja.»

«Und wie steht er dazu?»

«Er sagt weder ja noch nein. Er hat mich gebeten, dir zu sagen, dass er dich sprechen will.»

«Mich? Was will er denn?»

«Das weiß ich nicht. Er erwartet dich Montagmorgen um zehn.»

«Wie geht es dem Fräulein?»

«Schlimmer als vorher. Es heißt, es gäbe keine Hoffnung mehr.»

Sollte er dem Marchese sagen, dass es ihm um Anita sehr leidtäte? Oder würde es der Signor Marchese nicht schätzen, dass ein Ziegenhüter wie er den Namen seiner Tochter in den Mund nahm? Diese Fragen hatte er im Kopf, während er dem Diener folgte und über seinen Auftritt nachgrübelte.

Er betrat das Arbeitszimmer, und der Diener sagte zu ihm:

«Warte hier!»

Weil er nicht wusste, was er tun sollte, sah er sich die Bilder mit den Faltern an. Dann stand er vor dem Foto von Anita, das sie als Sechzehnjährige zeigte. Es bestand überhaupt kein Zweifel, dass sie mit zunehmendem Alter noch schöner geworden war.

In dem Moment kam der Marchese, und Giurlà war entsetzt: Seit ihrer letzten Begegnung hatte er sich sehr verändert. Sein Haar war viel weißer als zuvor, seine Schultern krumm, sein Bart lang und zottelig, und seine Füße schlurften über den Boden.

«Küss die Hand», begrüßte Giurlà ihn.

Der Marchese antwortete nicht, er hielt den Kopf gesenkt und blickte zu Boden. Dann hob er den Blick, und Giurlà las Verzweiflung, Schmerz und Wut in seinen Augen.

«Komm mit mir!»

Erstaunt folgte er ihm. Was wollte der Marchese von ihm? Wohin brachte er ihn?

Nicht enden wollende Flure, Treppenfluchten hinauf und hinunter. Er hatte den Eindruck, dass außer ihnen beiden niemand sonst in diesem Palazzo war, und die Stille war beinahe die gleiche wie auf dem Grund des Sees.

Vor einer geschlossenen Tür blieb der Marchese stehen. Er redete mit ihm, ohne ihn anzusehen.

«Auch wenn du's nicht willst, musst du's tun.»

Giurlà hatte gar keine Zeit, ihn um eine Erklärung zu bitten, weil der Marchese bereits die Tür geöffnet hatte, ihn ins Zimmer schob und die Tür gleich hinter ihm wieder schloss. Sofort begriff er, dass dies Anitas Zimmer war, denn er nahm ihren Duft stärker wahr als den Geruch der Medikamente, die in großen Mengen überall auf der Kommode und den beiden Beistelltischchen herumstanden.

Das Moskitonetz über dem Bett war hochgezogen, sodass man den tief ins Kissen versunkenen Kopf des jungen Mädchens sehen konnte und ihren linken Arm, in den ein an einem Ständer neben dem Bett befestigter Schlauch eingeführt war. An dem Ständer hing eine Art Klistierspritze, ganz wie Don Sisino gesagt hatte, mit einer rötlichen Flüssigkeit, die Tropfen für Tropfen in den Schlauch lief.

Er blieb kurz stehen und dachte nach. Was hatte der Marchese gesagt? Dass er es auch gegen seinen Willen tun musste? War das ein Gefallen, um den er ihn da gebeten hatte? Betraf der vielleicht seine Tochter? Was aber konnte er für Anita tun, wenn selbst der Schweizer und der deutsche Arzt ihr nicht hatten helfen können?

Von da, wo er stand, konnte er sie nicht richtig sehen. Er machte drei Schritte vor und blieb stehen.

Anitas Gesicht war ganz ohne Rundungen, ganz ohne Fleisch; ihre Haut war fahl geworden und sah aus, als würde sie direkt auf den Knochen kleben.

Der Schmerz, den er empfand, war so groß, dass seine Beine versagten; er musste sich auf den Stuhl neben dem Bett setzen, gegenüber dem Ständer.

Er hörte sie atmen. Sie hatte Mühe, Luft zu holen; sie atmete ganz kurz, begleitet von einem schleimigen Röcheln. Die Arme, in was für einem Zustand sie war!

In dem Moment hörte er, wie die Tür leise geöffnet wurde. Er drehte sich um. Es war Sidonia. Auch sie wirkte gealtert. Sie sagte nichts zu ihm, sie sah ihn nicht an, sie wollte sich zwischen den Stuhl und das Bett stellen, und um ihr die Sache zu erleichtern, stand Giurlà auf.

Sidonia zog Anitas freien Arm unter der Bettdecke hervor und legte ihn vorsichtig auf der Decke ab. Heilige Jungfrau! Sie war wirklich zum Skelett abgemagert! Dann machte Sidonia Giurlà ein Zeichen, dass er sich wieder setzen solle, nahm seine Hand, legte sie ganz sanft in die von Anita und ging hinaus.

Giurlà blieb völlig verwirrt dort sitzen, leicht vorgebeugt und voller Sorge, dass das Gewicht seiner Hand die zarten Knochen von Anitas Hand brechen könnte, die so fragil sein mussten wie die eines Spatzen.

Fünf

Nachdem er eine Viertelstunde so dagesessen hatte, fing sein Arm fürchterlich an zu kribbeln. Mit der anderen Hand rückte er seinen Stuhl ein wenig näher, um einen bequemeren Sitz zu finden.

Nach einer halben Stunde hielt er es nicht mehr aus, er musste sich unbedingt bewegen. Ganz langsam und vorsichtig begann er seine Hand von der Anitas wegzuziehen, und fast schon war es ihm gelungen, als etwas vollkommen Unerwartetes geschah: Anitas Daumen erfasste seinen kleinen Finger! Er erfasste ihn ohne jede Kraftanstrengung, so als hätte sich eine Fliege auf seinen Finger gesetzt, ja, es war eher eine Absicht, ein Wunsch als eine gezielte Bewegung, doch das genügte, dass Giurlà seine Hand gleich wieder so hinlegte, wie sie vorher war. Anitas Daumen lag weiter auf seinem kleinen Finger.

Nach einer weiteren Stunde, als er kurz davor stand zu schreien, weil ihm die Knochen so weh taten, kam Sidonia herein. Sie sah die beiden Hände, die einander hielten, und fing still an zu weinen. Dann trocknete sie sich die Augen und sagte leise zu Giurlà:

«Knie dich hin!»

Giurlà war so benommen von dem, was da vor sich ging, dass er bedingungslos gehorchte.

«Sprich ganz leise in ihr Ohr!»

Giurlà näherte sich mit seinem Mund ihrem Kopf.

«Signorina!»

«Nenn sie bei ihrem Namen!»

«Anita!»

«Sag, dass du es bist!»

«Ich bin's, Giurlà.»

«Sprich immer weiter so!», sagte Sidonia und ging wieder hinaus.

«Anita, Anita, ich bin's, Giurlà, Anita, Giurlà!»

Er verlor jedes Zeitgefühl. Stundenlang hatte er immer wieder dieselben Worte gesagt. Die Knie taten ihm weh, sein Mund war trocken. Es musste gegen fünf Uhr nachmittags sein, als Sidonia zurückkam und zu ihm sagte:

«Komm mit mir!»

Er musste sich auf das Bett stützen, um aufzustehen. Im Korridor waren der Marchese und ein hochgewachsener, kräftiger Herr mit mächtigem Bart, die ihn schon erwartet hatten. Der Herr unterhielt sich in einer eigentümlichen Sprache mit dem Marchese; es musste der deutsche Arzt sein, er hatte nämlich eine Flasche mit der rötlichen Flüssigkeit in der Hand.

Während er Sidonia folgte, fiel sein Blick in einen Spiegel.

Heilige Jungfrau, auch er hatte sich gründlich verändert! Blass, mager, mit langem Bart und schwarzen Ringen um die Augen – er sah aus wie ein Halbirrer! Seit diesem vermaledeiten Sonntag war ein Fluch über den Palazzo und über das Häuschen am See gekommen.

«Geh schon weiter!», sagte Sidonia.

Sie führte ihn in die Küche, die fünf Mal größer war als sein Haus am See.

«Setz dich und iss!»

Ein großer Teller voll Pasta mit Tomatensoße und Schweinefleisch und ein Kringel gebratener Mettwurst warteten auf ihn.

Er hatte keinen Appetit. Er aß vier Gabeln Pasta und ein Stückchen Mettwurst, er trank auch ein Glas Wein, nur um Sidonia nicht zu enttäuschen.

«Ich möchte mich waschen.»

So ein großes und schönes Badezimmer mit fließendem Wasser hatte er noch nie gesehen. Und da gab es auch eine Badewanne aus Zink, in die man Wasser füllen konnte, um darin zu baden.

«Kann ich jetzt gehen?», fragte er Sidonia, als er aus dem Badezimmer kam.

Sie sah ihn völlig verdutzt an.

«Gehen? Wohin?»

«Zu mir nach Hause.»

«Hat der Marchese dir denn nichts gesagt?»

«Nein, nichts. Was wollte er mir denn sagen?»

«Dass du hierbleiben sollst.»

«Bis heute Abend?»

«Du schläfst heute Nacht hier.»

«Was soll ich denn tun?»

«Weiter das machen, was du bei Anita getan hast.»

«Aber was nützt das schon?»

«Es nützt, es nützt!»

Für die Nacht ließ er sich ein Kissen geben, das er sich unter die Knie stopfen konnte, und einen Krug voll Wasser, denn weil er ununterbrochen redete, wurde sein Mund ganz trocken.

Er schaffte es, die ganze Nacht nicht einzuschlafen.

Um sieben Uhr am nächsten Morgen kam Sidonia mit dem Deutschen herein, der die Klistierspritze wieder mit Flüssigkeit auffüllte und ihnen beiden dann zu verstehen gab, dass sie hinausgehen sollten.

«Jetzt untersucht er sie. Du wirst dich jetzt frisch machen und dann essen kommen.»

In der zweiten Nacht, während er sie immer wieder aufs Neue anrief, hatte er den Eindruck, dass Anita sich zu ihm umdrehen wollte. Doch weil sich diese Bewegung nicht wiederholte, glaubte er, er hätte sich getäuscht.

Um fünf Uhr am Nachmittag, als Sidonia ihn zum Essen rief, sagte sie ihm, dass der deutsche Arzt zufrieden sei, weil er eine leichte Besserung bei der Kranken festgestellt habe.

«Dann kann ich also gehen.»

«Noch nicht.»

Seit er in den Palazzo gekommen war, hatte er nie Schlaf gefunden, und so brachte ihn die Müdigkeit in der dritten Nacht gegen drei Uhr plötzlich dazu, sich in einen Redeschwall zu ergießen. Irgendwann merkte er, dass er seit Stunden Anita nicht mit ihrem Namen anredete, sondern mit dem Namen von Beba.

«Beba», sagte er zu ihr, «meine süße kleine Beba, meine Schöne, meine Sonne, mein Herz, ich bin's, Giurlà! Warum machst du die Augen nicht auf und antwortest mir? Überlass mich nicht der Verzweiflung, Beba, meine Liebste!»

Sein Körper verlangte nach Ruhe. Fast merkte er gar nicht, dass er sich die Schuhe auszog und sich am äußersten Bettrand zu ihr legte.

«Anita, ich bin's, Giurlà! Ich bin hier, neben dir, Anita, mach die Augen auf, Beba, sieh mich an …»

In seinem Kopf ging alles durcheinander! Die Müdigkeit besiegte ihn, und er schlief ein.

Im Schlaf hatte er das Gefühl, dass eine Fliege um seinen Mund herumschwirrte, und er machte die Augen auf. Doch es war keine Fliege, sondern der Atem von Anita hatte ihn gekitzelt, die sich ihm mit ihrem Gesicht ganz dicht zu nähern vermocht hatte. Und jetzt sah sie ihn an, endlich, mit geöffneten Augen.

Sobald er sah, dass sie wach war, lief er aus dem Zimmer, um es irgendjemandem mitzuteilen, doch er verlor sich in den Korridoren und auf den Treppen. Endlich aber fand er die Küche, in der sich Sidonia mit zwei nie zuvor gesehenen Dienerinnen aufhielt.

«Das Fräulein ist aufgewacht!»

«Wirklich?»

Sidonia hatte vor lauter Glück einen Schrei ausgestoßen, war zum Marchese gelaufen, um ihm die Nachricht zu überbringen, und dann in die Küche zurückgekehrt.

«Kann ich jetzt gehen?»

«Nein.»

«Aber wenn das Fräulein sich jetzt wieder erholt …»

«Der Marchese hat gesagt, du musst noch bleiben.»

Was wollte er denn noch von ihm?

«Kann ich mich frisch machen und hinterher ein bisschen rausgehen?»

«Einverstanden. Doch pünktlich um zwölf Uhr mittags musst du wieder hier sein.»

Er machte sich frisch und fühlte sich tatsächlich viel besser. Dann ließ er sich von dem golden gekleideten Diener zum Tor des Palazzos bringen und ging hinaus. Er bog in eine Gasse ein, die einen Hang hinaufführte. Wie viele Menschen da waren und wie viele Geschäfte! Er war gar nicht mehr daran gewöhnt, unter Menschen zu sein, und rempelte immer wieder jemanden an. Und wie viele Kutschen es da gab! Nach drei Tagen und drei Nächten eingeschlossen in einem Zimmer schritt er leichten Schrittes in der frischen Luft voran. Die Straße endete vor einem mächtigen, halb zerstörten Kastell. Von dort aus konnte man auf die umliegenden Dörfer und das Land sehen. Er versuchte herauszufinden, wo der See lag, doch es gelang ihm nicht. Eine große Sehnsucht, in seinem Haus zu sein, überkam ihn. Viel zu lange schon hatte er Beba allein gelassen.

Zu Mittag kehrte er zum Palazzo zurück, den Weg zur Küche fand er ohne Hilfe.

Sidonia hatte gerade eine Hühnerbouillon gemacht.

«Hoffentlich wird sie die essen!», sagte sie, als sie mit dem Teller in der Hand hinausging.

Nach zehn Minuten kehrte sie zurück.

«Komm mit!»

Sie brachte ihn in Anitas Zimmer. Das Mädchen saß halb aufgerichtet im Bett, drei Kissen in den Rücken gestopft. Der Schlauch war aus ihrem Arm entfernt worden. Der Marchese stand neben dem Bett und hielt den Suppenteller in der Hand. Der deutsche Arzt saß auf dem Stuhl neben dem Kopfende.

«Warte hier!»

Giurlà blieb stehen, gleich nachdem er das Zimmer betreten hatte. Sidonia ging zu Anita, beugte sich zu ihr hinunter, um ihr etwas ins Ohr zu sagen. Ganz langsam wandte das Mädchen den Kopf zu Giurlà.

Dann nahm Sidonia dem Marchese den Suppenteller aus der Hand, setzte sich auf den Bettrand und begann, Anita Löffel um Löffel zu füttern.

Der Marchese entschloss sich, endlich zu reden, nachdem er eine Viertelstunde zum Fenster des Arbeitszimmers gestarrt hatte, durch das man nur den Himmel sah. Giurlà konnte nicht mehr.

«Verstehst du, warum ich dich nicht gehen lassen kann?»

«Nein.»

«Seit dem Sonntag, an dem du sie gerettet hast, ist Anita ein anderer Mensch geworden. Sie hat sich eine Flause in den Kopf gesetzt, oder besser gesagt, sie hat sich etwas in den Kopf gesetzt, das ich für eine Flause gehalten habe. Doch als ihr klargeworden ist, dass ich sie nicht ernst nehme, hat sie sich geweigert, zu essen und mit mir zu reden. Meine Tochter hat einen starken Willen, ganz wie ich. Ich habe mich darauf versteift, ihr ihren Wunsch abzuschlagen, und sie ist keinen Schritt zurückgewichen. Als ich dann sah, in welchem Zustand sie war, nämlich nur einen Hauch vom Tod entfernt, habe ich nachgeben müssen.»

Er hielt inne und schaute wieder zum Fenster. Von der ganzen Rede des Marchese hatte Giurlà lediglich verstanden, dass Anita etwas wollte, das ihr Vater ihr hartnäckig verweigerte.

«Was sagst du dazu?», fragte ihn der Marchese.

«Verzeiht mir, Eccellenza, wozu?»

«Zu dem, was ich dir gesagt habe.»

«Entschuldigt, aber ich hab immer noch nicht verstanden, was Anita eigentlich wollte.»

«Dich wollte sie. Dich!»

Es war, wie wenn ein Holzprügel ihn am Kopf getroffen hätte. Giurlà sprang auf, machte einen Schritt vor, um ihn herum drehte sich das Zimmer, und er musste sich wieder setzen.

«Re… redet Ihr gerade tolles Zeug, Eccellenza?»

«Leider nicht. Du hast es doch selbst gesehen. Sie wollte die Bouillon nicht, weil du nicht da warst. Kaum warst du da, hat sie sie gegessen.»

Nein, das war nicht möglich! Vielleicht hatte der Schock, den sie bei dem Unfall im See erlitten hatte, sie verwirrt, aber ganz sicher war es nur eine fixe Idee, die auch wieder vorbeigehen würde.

Der Marchese schien seine Gedanken gelesen zu haben.

«Nein, nein, das geht nicht vorbei, ich kenne meine Tochter gut genug.»

Was schaute er nur immer zum Fenster hinüber?

«Was wollt ihr eigentlich alle von mir?», platzte Giurlà halb verängstigt, halb weinerlich heraus.

«Machen wir noch eine letzte Probe», sagte der Marchese. «Du kehrst jetzt nach Hause zurück. Wenn Anita keine schlimmen Reaktionen zeigt, lasse ich dich in Ruhe. Doch wenn Anita wieder krank wird, lasse ich dich rufen.»

Es gab nur einen Weg: Er würde zu seinem Haus zurückkehren und am nächsten Morgen die Flucht nach Vigàta ergreifen. Wenn der Marchese ihn dann rufen ließe, würde niemand ihn finden.

Doch wieder war es, als könnte der Marchese seine Gedanken lesen.

«Und lass dir ja nicht einfallen zu fliehen! Es geht um das Leben meiner Tochter. Dafür bin ich zu allem bereit. Zu allem! Klar? Wenn du fliehst, schicke ich Don Sisino, der soll dich suchen. Und du weißt, wozu Don Sisino in der Lage ist.»

Er wusste nur zu gut, wozu Don Sisino in der Lage war. Und das hatte auch der arme Randazzo gewusst.

«Meine kleine Beba, hörst du mich? Du verstehst doch, dass das, was mir da passiert, nicht meine Schuld ist, oder? Was soll ich nur tun? Ich bin verzweifelt! Hilf mir! Gib mir irgendein Zeichen, und ich tu, was du willst! Ich fleh dich an, Beba!»

Er hatte die Lippen auf das Strohlager gedrückt, die Tränen liefen ihm übers Gesicht.

Aus heiterem Himmel überfiel ihn schließlich der Schlaf, er konnte gar nicht so schnell die Augen zumachen, wie er eingeschlafen war.

Er wachte auf, als die Sonne schon hoch am Himmel stand. Er fühlte sich ausgeruht, sein Kopf war klar und seine Gedanken unbeschwert. Es war bereits zu spät, um noch zu einer der Herden zu reiten, und so ging er zum See hinunter.

Dort lag noch immer Anitas Boot. Es sah vollkommen unbeschädigt aus. Er setzte es ins Wasser, und als er sah, dass es hielt, stieg er hinein und begann zu rudern.

Plötzlich wurde ihm bewusst, dass er, ohne es zu merken, an die Stelle zurückgekehrt war, an der sich das Unglück ereignet hatte. Mit einem Mal hatte er große Lust, ins Wasser zu springen. Warum, wenn er doch gar nicht die Absicht hatte, Fische zu fangen?

Er zog Hemd und Hose aus und tauchte ins Wasser hinein. Es war ganz klar. Er schwamm bis zum Grund, bis zu dem unterseeischen Wald. An der Spitze eines Zweiges bemerkte er etwas Rotes. Eine Koralle? Doch wie sollte eine Koralle in einen See kommen?

Er streckte die Hand aus und berührte das rote Etwas. Es war keine Koralle, sondern ein Stück Stoff, das sich verfangen hatte. Er löste den Fetzen und nahm ihn mit. Es war ein Band, ein rotes Band, an dem in der Mitte ein Glöckchen festgebunden war. Der Atem stockte ihm, als die Erinnerung in ihm hochkam.

Eilig verließ er das Wasser und stieg wieder ins Boot. Am Samstag vor dem Unglück war Anita mit diesem Band gekommen und hatte es Beba um den Hals gebunden. Da dachte er, dass dies die Antwort, das Zeichen sein musste, um das er gebeten hatte. Von diesem Augenblick an behielt er es immer in seiner Tasche.

Als drei Tage später Don Sisino kam und ihm mitteilte, dass er wieder in den Palazzo zurückkommen müsse und seine Sachen mitnehmen solle, sagte er daher ganz schlicht:

«Ja.»

Denn ihm war es so vorgekommen, als hätte das Glöckchen in seiner Tasche geklingelt – auch wenn das gar nicht möglich war.

Ihm wurde ein Schlafzimmer neben Anitas Zimmer hergerichtet. Am Tag nach seiner Rückkehr in den Palazzo kaufte Giurlà sich zwei neue Anzüge, ein Paar Schuhe, Hemden, Socken und Unterhosen. Wenn er morgens aufwachte, wusch er sich und ging dann in Anitas Zimmer, um darauf zu warten, dass sie die Augen aufschlug. Das Erste, was sie tat, war, dass sie ihm zulächelte und seine Hand nahm. Danach trat Sidonia ein mit einem Becher Ziegenmilch.

«Weißt du was? Erst mochte ich sie überhaupt nicht, aber jetzt kann ich ohne Ziegenmilch gar nicht mehr leben.»

Dann ging Giurlà fort, und nach einer Stunde, wenn Anita gewaschen war und ihr Nachthemd gewechselt hatte, kam er wieder. Zu Mittag aßen sie gemeinsam. Sidonia richtete einen kleinen Tisch für ihn her, während sie Anita, die noch nicht aufstehen konnte, ein weiteres Kissen brachte. Abends taten sie das Gleiche.

Nach zwei Wochen stand Anita zum ersten Mal auf. An Giurlàs Arm machte sie einen kleinen Spaziergang im Korridor, doch sie ermüdete schnell. Kaum hatte sie sich aber wieder hingelegt, fing sie an zu reden und erzählte Giurlà von ihrem allergrößten Wunsch. Und dem jungen Burschen war es, als hätte das Glöckchen die ganze Zeit über geklingelt.

Zehn Tage danach ließ der Marchese, den er während dieser ganzen Zeit nicht zu sehen bekommen hatte, ihn in sein Arbeitszimmer rufen.

«Anita hat mir erzählt, dass ihr miteinander gesprochen habt. Seid ihr vollständig einer Meinung?»

«Ja, Eccellenza.»

«Hör zu, als Erstes nenn mich nicht mehr ‹Eccellenza›!»

«Wie soll ich Euch denn dann nennen?»

«Wie du willst, aber kein ‹Eccellenza› und kein ‹Küss die Hand› mehr! Fassen wir noch mal zusammen: In zwei Monaten werdet ihr in unserer Hauskapelle heiraten. Keine Gäste, nur die Trauzeugen. Möchtest du deine Eltern und deine Schwester herkommen lassen?»

«Nein, Eccel… Nein.»

Sie würden niemals kommen, um mit anzusehen, wie er die Tochter eines Marchese heiratete. Sie würden sich viel zu sehr wegen ihrer Kleidung schämen und wegen ihrer Gesichter.

«Ich fahre fort: Nach der Hochzeit werdet ihr in dem Häuschen am See wohnen, und du wirst deiner Arbeit wie bisher nachgehen. Ist das richtig?»

«Ja.»

«Ich stelle mich dem Willen meiner Tochter nicht entgegen. Doch eines musst du verstehen: Das Häuschen, in dem ihr wohnen werdet, muss vergrößert und richtig bewohnbar gemacht werden.»

«Aber Anita sagt doch …»

«Jetzt sagt sie zwar, dass es gut ist, wie es ist, aber glaube mir, sie ist das nicht gewöhnt. Nach einer Weile würde sie unleidig werden. Ich sage ja nicht, ihr sollt dort eine Villa hinstellen, aber doch wenigstens den Fußboden mit Ziegeln auslegen und noch zwei Zimmer anbauen.»

Dieses Mal war er sicher, dass das Glöckchen geklingelt hatte. Es stimmte ja: Anita konnte unmöglich auf einem Strohlager schlafen, sie musste ein Mindestmaß an Bequemlichkeit haben.

«Einverstanden», sagte Giurlà. «Doch nur unter der Voraussetzung, dass ich den Maurern sagen kann, was sie tun müssen.»

Er wollte vermeiden, dass sie Bebas Platz zerstörten, wenn sie den Fußboden mit Ziegeln auslegten. Ja, er wollte das Bett an genau der Stelle aufbauen lassen, wo sich jetzt das Strohlager befand.

Innerhalb eines Monats war das kleine Haus fertig umgebaut. Die Maurer hatten Giurlàs Anweisungen alle befolgt. Das erste Zimmer war als Empfangsraum hergerichtet geworden, für die Ziegenhüter; das Schlafzimmer war dasselbe geblieben wie zuvor, nur dass der Fußboden mit Ziegelsteinen ausgelegt worden war; links befand sich ein Esszimmer mit der Küche, rechts ein Zimmer allein für Anita, in dem sie lesen und machen konnte, was sie wollte; hinter dem Schlafzimmer befand sich nun ein Badezimmer mit Toilette. Kurz: Beba war an ihrer alten Stelle geblieben – vorher hatte sie das Strohlager über sich gehabt, jetzt das Ehebett.

Am Tag vor der Hochzeit sagte er Anita, dass er die Nacht allein im neuen Haus verbringen wolle. Das junge Mädchen gab ihm keine Antwort.

«Meine kleine Beba, siehst du? Nichts ist anders geworden, alles ist beim Alten geblieben. Ich will dir nur sagen, dass es für mich von morgen an schwieriger wird, mit dir zu reden. Doch ich werde immer an dich denken, jeden Augenblick. Und ich werde dich niemals vergessen, das schwöre ich dir! Ich trage dein Glöckchen immer in meiner Tasche. Wenn ich etwas tue, das dir nicht gefällt, dann lass es mich wissen! Ach, lass es uns doch gleich mal ausprobieren. Siehst du's? Ich halte das Band in meiner Hand. Wenn du nicht willst, dass ich Anita heirate, dann bring das Glöckchen zum Klingen – und ich schwöre dir, dass ich alles sausen lasse, auch wenn das bedeutet, dass Don Sisino mich dann umbringt. Ich zähle bis zehn!»

Er zählte, doch das Glöckchen klingelte nicht.

«*Bonanotti*, Beba, du, meine Liebste!»

Der Ehebund wurde um zehn Uhr am folgenden Tag geschlossen. Sidonia war Anitas Trauzeugin und Don Sisino Giurlàs Trauzeuge. Ansonsten war nur der Marchese anwesend. Die Ringe hatte er bei einem Juwelier in Castrogiovanni gekauft. Als der Pfarrer ihn fragte, ob er Anita zu seiner Frau nehmen wolle, antwortete er ohne jede Gefühlsregung: «Ja.»

Seit dem Morgen kam es ihm vor, als würde er die Dinge tun, wie wenn er in einem Traum lebte; es kam ihm vor, als wäre er eine Marionette, die ihre Bewegungen ausführte und Worte sagte, weil der unsichtbare Puppenspieler ihm vorgab, was er tun und was er sagen sollte. Das Esszimmer des Palazzo war immens groß; zu fünft saßen sie an einem unendlich langen Tisch, denn Anita hatte darauf bestanden, dass Sidonia mit ihnen essen sollte, und zu ihrer aller Bedienung standen der golden gekleidete Diener und drei Mägde bereit.

Am frühen Nachmittag brachen sie mit zwei Kutschen zum See auf. In der ersten befanden sich die beiden Jungvermählten und Sidonia. In der zweiten eine Reisekiste und vier Koffer von Anita. Die erste Kutsche kehrte umgehend zurück, die andere blieb und wartete auf Sidonia, die Anitas Sachen im Haus verstaute. Zum Essen hatte die Dienerin zwei Töpfe mitgebracht, in denen sich der Rest vom Mittagessen befand. Man musste es nur aufwärmen. Danach fuhr auch sie ab.

Giurlà ging in den Stall, um nach dem Pferd und dem Maultier zu sehen, danach schloss er das Lager auf, um nachzuschauen, ob die neuen Vorräte geliefert worden waren. Als er wieder ins Haus zurückkehrte, sah er Anita nicht. Er rief sie, bekam aber keine Antwort. Da ging er hinaus.

Anita war am Ufer des Sees, sie stand mit dem Rücken zu ihm gewandt, und ein Zauber schien über ihr zu liegen, als sie auf das Wasser blickte. Die Sonne ging unter, und ein Teil des Sees war in Abendrot getaucht. Dann sah er, dass sie sich anschickte zurückzukehren, und so ging er wieder ins Haus.

«Soll ich dir etwas zu essen machen?», fragte er sie.

«Nein, ich habe keinen Appetit. Aber wenn du …»

«Ich hab auch keinen Appetit.»

«Da, sieh nur!», sagte Anita, als sie sich bückte und das rote Band mit dem Glöckchen vom Boden aufhob.

Es musste ihm aus der Hosentasche gefallen sein. Wortlos band Anita es sich um den Hals. Sie blickten sich an. Und einen Moment später hielten sie einander in den Armen.

Wie kam es, dass er keinerlei Scham empfand, als er sich nackt vor ihr zeigte?

Und wie kam es, dass sie sich vor ihm auszog, als wären sie schon seit Jahren verheiratet?

Dann setzte Anita sich aufs Bett, allein mit dem Glöckchen angetan, und zog sich die Schuhe aus und die Strümpfe.

In dem Moment sah Giurlà ihren linken Fuß. Das also war der Grund, weshalb sie hinkte! Wie sonderbar das doch war!

Er hockte sich vor ihr nieder, nahm den Fuß in seine Hände und betrachtete ihn aus der Nähe. Anita beobachtete genau, was er machte.

Dieser Fuß war haargenau wie der einer Ziege. Er hatte keine Zehen, denn er hatte die Gestalt eines Hufes, nur dass er nicht aus Horn bestand. Die Haut war dünn, das Fleisch rosa und zart. Er wollte ihn unbedingt küssen, und er küsste ihn.

Darauf streckte sie die Arme aus und zog ihn über sich.

«Mach das Licht aus!»

Er beugte sich zum Nachttisch hinüber, auf dem die Lampe stand, und löschte sie.

Sobald er anfing, sie zu streicheln, wunderte er sich. Wie kam es, dass ihm dieser Körper so vertraut erschien, als würde er ihn seit jeher kennen? Als hätte er schon zuvor lange Umgang mit ihm gehabt? Es war, als kehrte er an einen geliebten Ort zurück und erinnerte sich, wie die Landschaft war und wie sie duftete und in welchen Farben sie leuchtete. Ein vertrautes, altgewohntes Gelände, von dem er die Jahreszeiten, den täglichen Sonnenlauf und die Mondphasen auswendig kannte.

Plötzlich schob sie ihn von sich weg, drehte sich um und stellte sich auf Knie und Hände.

«Du meine Liebste!», sagte Giurlà, beugte sich über sie und umschloss sie mit den Armen.

«Määh», sagte Anita da, und ihre Stimme glich der von Beba aufs Haar.

Und sie lachte.

Dieser Roman schließt einen Zyklus ab, der mit *Die Frau aus dem Meer* begann und mit *Der Bahnwärter* fortgesetzt wurde. Es sind drei Geschichten, die drei mehr oder weniger gelungene Metamorphosen erzählen. In der Antike ließen sich Metamorphosen leichter erzählen und auch leichter durchführen.

A. C.

Andrea Camilleri

«Camilleri ist geistreich, weise und absolut unterhaltsam.» (Aspekte, ZDF)

Das graue Kleid
Roman. rororo 24950

Von der Liebe zum Radfahren
Mit Fotografien von Robert Capa
rororo 24988

Die Farbe der Sonne
Ein Caravaggio-Roman
rororo 24690

Die Pension Eva
Roman. rororo 24472

Das Medaillon
Illustriert von Roberto Innocenti
rororo 24347

M wie Mafia
rororo 62643

rororo 24950

MIX
Papier aus verantwortungsvollen Quellen
FSC® C019821

Das für dieses Buch verwendete FSC®-zertifizierte Papier
Lux Cream liefert Stora Enso, Finnland.